천마사냥꾼

운경 현대 판타지 장편소설
WISHBOOKS MODERN FANTASY STORY

천마사냥꾼 17

운경 현대 판타지 장편소설

초판 1쇄 찍은 날 | 2018년 12월 21일
초판 1쇄 펴낸 날 | 2018년 12월 31일

지은이 | 운경
펴낸이 | 예경원

기획 | 위시북스
편집책임 | 이규재
편집 | 위시북스

펴낸곳 | 예원북스
등록번호 | 제396-2012-000132호
등록일자 | 2012. 7. 25
KFN | 제1-351호

주소 | 경기도 고양시 일산동구 호수로 646-24 위너스21II빌딩 206A호 (우)10401
전화 | 031-819-9431 팩스 | 031-817-9432
E-mail | yewonbooks@naver.com

ⓒ운경, 2017

ISBN 979-11-89701-13-0 04810
　　　979-11-6098-441-5 (set)

천마사냥꾼
운경 현대 판타지 장편소설
WISHBOOKS MODERN FANTASY STORY
17
완결
Wish Books

천마사냥꾼

CONTENTS

제60장 한미전쟁(2)   7

제61장 적시운   103

제62장 무너지는 세계   155

제63장 최후의 일전   235

에필로그   303

제60장
한미전쟁(2)

6

쿠구구구.

마수의 해일이 동쪽으로 진군한다.

대지를 새카맣게 뒤덮은 판데모니엄의 생물들.

보이는 것은 파괴뿐이며 들려오는 것은 괴성뿐이다.

그저 바라보는 것만으로도 인간들의 심장을 멎게 만들 광경은 플라우로스에게 아무런 감흥도 주지 못했다.

대신 그를 감격케 하는 것은 따로 있었다.

우습게도 그것은 마수를 제외한 모든 것이었다.

"⋯⋯하."

플라우로스는 헛웃음을 흘렸다.

회색빛이 드문드문 끼어 있기는 했지만 하늘은 대체로 푸르렀다.

판데모니엄에 비해 쌀쌀하게 느껴질 수밖에 없는 기후.

시커먼 연기가 아닌 새하얀 구름과 서녘을 향하여 느릿느릿 흘러가는 태양.

이 세상의 모든 것이 그를 흥분시켰다.

이것이야말로 생명이 살아갈 만한 세계.

판데모니엄과는 전혀 다른 삶의 공간이었다.

"그리고 곧 우리 차지가 될 것이다."

플라우로스는 고개를 돌렸다.

"……안드라스."

플라우로스와는 같은 항렬의 마족, 갈가마귀의 머리를 지닌 파괴자.

안드라스는 날카로운 부리를 딱 소리가 나게 부딪쳤다.

"아포칼립틱 데몬 로드께서 약속하신 대로 우리는 인간들을 멸하고서 이 세계를 차지하게 될 거다. 그리고 다시는 그 빌어먹을 판데모니엄으로 돌아가지 않겠지."

"……."

"이 푸른 별과 그 위의 모든 것이 바로 우리 마족들의 차지가 될 것이다."

"그리고 서서히 판데모니엄처럼 되어가겠지. 우리들 마족은 원래 그런 족속이니."

"원체 시니컬하다지만 오늘은 유독 심하군. 설마 괜히 침공해 왔다거나 하는 등의 약한 소리를 지껄이려는 건 아니겠지?"

플라우로스는 날카로운 표범의 눈으로 안드라스를 직시했다.

"너는 그날 그 자리에 없었지. 그렇지 않나?"

"그날? 그 자리라니?"

"그 인간이 차원 게이트를 넘어왔을 때 말이다."

안드라스가 눈을 가늘게 떴다.

"아, 그랬지. 너는 그 자리에 있었고. 그 때문인가? 홍염의 사냥꾼인 네가 겁에 질린 고양이 새끼처럼 축 처져 있는 게?"

"말조심하는 게 좋을 것 같군. 자꾸 날 자극하면 네놈의 수수깡 같은 부리를 분질러 버릴지도 모른다."

"하. 건방진 소리를 지껄이는 건 평소의 네놈과 같군. 한데 기가 죽어 있는 것은 대체 무엇 때문이냐? 정말 그놈에게 겁을 집어먹은 건가?"

"그는 아포칼립틱 데몬 로드와 같은 존재였다. 차이가 있다면 차원뿐. 그 둘은 뒤틀린 운명이 낳은 쌍둥이다."

"그리고 그중 더 강한 자가 우리의 군주지. 판데모니엄과 지구의 지배자, 황제이자 데몬 로드인 그분 말이다."

"너는 그가 약속을 지키리라 생각하나?"

플라우로스의 질문에 안드라스는 고개를 갸웃거렸다.

"아포칼립틱 데몬 로드께서 우리를 속이실 이유가 어디 있단 말이냐?"

"이 전쟁은 인간과 마수, 그리고 우리 마족들을 극한으로 몰고 갈 것이다. 수많은 이가 죽어 나가겠지. 어쩌면 양쪽이 공멸의 위기에 처하게 될지도 모른다."

"……."

"그 절체절명의 순간에 과연 데몬 로드가 손을 내미는 쪽은 우리일까, 아니면 그의 종족인 인간일까?"

"네놈이 가질 법한 의문이군. 하지만 그 의문엔 중대한 결점이 있다."

"그게 뭐지?"

"아포칼립틱 데몬 로드께서 우리 마족과 마수들을 처음부터 멸할 생각이었다면."

안드라스는 자신감 넘치는 어조로 말했다.

"굳이 우리를 이 세계로 불러와 난장판을 만들지도 않았을 것이다. 그렇지 않은가?"

플라우로스는 대답하지 않고서 고개를 돌렸다.

그 역시 그쯤은 알고 있었다.

하지만 마냥 마수와 마족의 편을 든다고 하기엔 황제의 행보 중에 미심쩍은 것이 많았다.

"모르겠군. 대체 그가 무슨 생각을 하고 있는 것인지."

"몰라도 된다. 우리가 알아야만 하는 것은 하나뿐이니."

안드라스가 딱딱 부리를 부딪쳤다.

"우리 앞을 가로막는 인간 놈들을 쓸어버려야 한다는 사실 말이다."

"……."

"마침 오는군. 느껴지는가, 플라우로스? 죽음의 해일을 향해 걸어오는 지푸라기 같은 놈들의 운명이."

플라우로스는 먼 방향을 응시했다.

새카맣게 대지를 뒤덮은 마수 군단에 비하면 한없이 작은 점.

수십 ㎞ 떨어진 능선 위로 일련의 무리가 진형을 구축하고 있었다.

"인간들이다."

안드라스가 기다란 혀로 부리를 핥았다.

까마귀 제왕의 두 눈동자가 살기와 광기로 번들거렸다.

"내가 처리하겠다. 놈들은 내 거야. 내가 직접 가죽을 찢고 살점을 갈라 내장 맛을 볼 테다!"

촤륵!

검은 날개를 활짝 펼친 안드라스가 인간들을 향해 날아갔다.

그뿐 아니라 다른 곳에 있던 마족들도 앞다투어 인간들에게로 쇄도했다.

"캬하하하!"

"죽일 테다. 내가 모조리 해치울 거니까 너희는 저리 꺼져!"

"방해하면 네놈들부터 찢어발기겠다!"

기실 마수들보다도 살육에 굶주려 있는 것이 바로 마족들.

마수들과 달리 그들에겐 지성이 있었다.

그렇기에 판데모니엄에 있을 적엔 섣불리 싸움에 임할 수가 없었다.

방사능과 유황 불길만이 가득한 그곳에도 세력들 간의 이해관계란 게 존재했던 까닭이다.

그렇기에 강한 존재일수록 함부로 싸우거나 날뛰기가 어려웠다.

모든 종류의 정치가 그러한 것처럼.

하지만 지금은 아니었다.

마음껏 날뛰고 죽여도 뒤탈이 없는 인간들이 즐비했다.

그 사실을 자각한 순간, 마족들은 황홀경마저 느끼며 인간들에게로 쇄도했다.

"……."

플라우로스는 팔짱을 낀 채 동족들의 추태를 바라봤다.

마족 주제에 무슨 명예가 있고 품위가 있겠는가 싶기도 했지만, 최소한 그는 자신이 보다 품격 있는 존재라고 믿었다.

"놈들이 몰려온다!"

"몰려오면 요격해 버리면 그만이지. 전원 침착하게 전투태세를 갖춰!"

데몬 오더와 동백 연합이 주축이 된 한중 길드 연맹.

1만에 달하는 병력은 새 떼처럼 날아드는 마족 무리를 보며 각오를 다졌다.

천무맹 역시 길드 연맹에 속해 있었다.

무공을 상실한 남궁혁 대신 그의 부관이 무사들을 이끌고 있었는데, 아무래도 예전의 위용에 비하면 초라한 것이 사실이었다.

선봉에 자리한 것은 데몬 오더.

그중에서도 맨 앞에 서 있는 이는 헨리에타였다.

"역시 시작은 네가 해야겠지?"

"마수들에게 마탄의 위력을 보여주세요."

헨리에타는 밀리아와 아티샤의 격려를 한 귀로 흘렸다.

두 사람에겐 미안한 일이었지만 지금의 그녀는 그 어느 때보다도 집중해야 할 필요가 있었다.

다행히 잡념은 들지 않았다.

바로 옆 사람의 목소리를 분간하기도 힘들 정도의 소음이 터져 나오고 있다는 것을 감안하면 신기한 일이었다.

쿠구구구구구!

이제 대지는 폭우 아래 바다처럼 미친 듯이 날뛰고 있었다.

억 단위의 마수가 만들어내는 대지진.

근방에 있는 절벽들이 진동을 견디지 못하고 절로 무너져 내렸다.

그런 소란 속에서 헨리에타는 침착하게 가우스 라이플을 견착했다.

이제는 그녀가 딛고 있는 땅바닥까지도 들썩일 지경이었으나, 헨리에타의 마음속은 호수처럼 고요했다.

우우우웅.

척추를 타고 올라간 내공이 그녀의 손을 따라 탄환에 인도되었다.

가우스 라이플이 희미한 빛을 내며 공명했다.

콰과과과과!

전율하는 대지.

하늘을 뒤덮은 채 쇄도해 오는 마족들.

헨리에타는 그 중앙을 향하여 마탄을 날렸다.

쾅!

탄강(彈腔)을 두르고서 날아간 탄환이 어느 마족의 미간을 꿰뚫었다.

예상을 뛰어넘는 위력에 마족들은 물론이고 동료들도 놀랐다.

'느낌이 좋아.'

헨리에타는 가볍게 숨을 토했다.

그러고는 침착하게 다음 타깃을 겨냥했다.

놈들이 얼마나 대단한 마족인지는 알 바 아니었다.

어떻게 불리며 어떤 식으로 세상을 유린할 것인지 또한 알 바 아니었다.

그녀에게 있어 놈들은 그저 과녁일 뿐.

파리처럼 움직여 대는 게 조금 까다로운 표적에 불과했다.

쾅! 쾅! 쾅!

가우스 라이플이 연신 탄을 토해냈다.

상공에 뇌전이 번뜩일 때마다 어김없이 마족들이 추락했다.

인간과 마수들의 전쟁이 시작되었다.

"저곳이군요."

펠드로스는 하얀 이를 드러내며 웃었다.

드라칸과는 하루 차이로 제국을 떠나온 그의 함대는 밤낮으로 항진하여 태평양을 횡단했다.

그 결과 드라칸의 병력과 몇 시간 차이 나지 않는 시점에 목적지에 다다를 수 있었다.

일본 열도.

그 어느 국가보다도 철저히, 그리고 처절히 유린당한 곳.

한때 한반도의 3배에 이르던 면적은 이제 그 절반에도 미치지 못하는 수준이었다.

물론 그런 사실 따위는 펠드로스로선 알 바 아니었다.

그에게 있어 중요한 것은 따로 있었기에.

"놈의 나라를 가장 먼저 짓밟는 것은 드라칸도 마수 놈들도 아닌 바로 나, 펠드로스입니다."

수백 척의 선단에 탑승 중인 총인원 2만 명의 군단.

그리고 이를 지휘하는 자는 세상 유일의 더블 S랭커.

펠드로스 본인이었다.

"일본이라는 나라에는 볼일이 없습니다. 대강 지르밟아 준 다음에 곧장 한국으로 넘어가겠습니다."

펠드로스의 군단은 속도를 늦추지 않은 채 열도의 상공을 통과했다.

물론 마냥 평화롭게 지나가 줄 생각 따윈 없었기에 기갑병 1천을 도시 위로 강하시켰다.

"이 정도면 충분하겠죠. 수송선 20척을 남기겠습니다. 대강

정리가 끝나면 탑승해서 뒤따라오라고 하세요."

쿠쿵. 쿠구궁……!

강하한 기간틱 아머들은 곧장 주변의 모든 것을 공격하고 부수기 시작했다.

모니터로 그 광경을 바라보며 펠드로스는 와인이 채워진 잔을 기울였다.

"교만하고 천박한 한 명의 인간이 결국 아시아라는 대륙 전체를 지옥으로 인도하게 되는군요."

카각. 카가각.

와인 잔에 미세한 균열이 생겼다.

펠드로스는 개의치 않고서 마음껏 분노를 표출했다.

"네 국민들, 나아가 주변국의 인간들이 뒈지는 건 모두 네놈 때문이란 말이다."

쨍강!

기어코 유리잔이 산산이 깨져 나갔다.

그럼에도 와인은 잔의 형태를 유지한 채 허공에 떠 있었다.

"적시운……!"

"역습입니다! 적이 공습을 개시했습니다!"

오퍼레이터의 다급한 외침에 펠드로스는 미간을 구겼다.

"공격해 들어왔으면 해치우면 그만이잖아! 쳐 죽이고 짓밟아버리란 말입니다."

"하지만…… 그것이……!"

오퍼레이터의 음성에서 심상찮은 상황임을 깨달은 펠드로스가 벌떡 일어났다.

주르륵!

그의 염동력에 의해 허공에 떠 있던 와인이 쏟아져 내렸다.

노이즈가 낀 모니터 화면.

적들을 추풍낙엽처럼 쓸어버려야 할 제국군의 기갑병들이 도리어 추풍낙엽처럼 쓸려 나가고 있었다.

"……!"

쿠구구궁!

지상으로부터 전해져 오는 폭발의 연쇄.

모니터를 노려보던 펠드로스의 입에서 경악성이 터져 나왔다.

"적시운!"

7

쿠구구궁……!

떨어져 내린 빌딩 파편이 대지를 강타했다.

더 많은 파편이 그 위로 쏟아져 무덤처럼 쌓였다.

불길이 아스팔트 도로 위로 질주하고 기간틱 아머들은 성난 황소처럼 날뛰었다.

파괴되어 가는 도시, 신 동경.

센다이 사태 당시 침몰해 버린 옛 도쿄와는 별다른 관련이 없는, 그러나 지난 몇 년 동안 수도의 역할을 해온 곳.

제국의 기갑병들은 무자비하게 그곳을 부숴 나갔다.

수비 병력이 없지는 않았지만 제국군에 비하면 약해 빠졌고 숫자도 적었다.

감시 체계는 습격을 예측하지 못할 만큼 허술했고 제국군의 위장 기술과 진군 속도는 너무나 뛰어났다.

신 동경은 변변한 방어조차 하지 못한 채 유린당했다.

그대로 내버려 둔다면 반나절이 채 지나기 전에 초토화될 것이 분명했다.

제국군 기갑병이 처음으로 터져 나간 것은, 전투가 개시되고 5분이 지날 무렵이었다.

쾅!

중전차보다 강력한 보행 병기가 짓이겨진 고철 덩이로 돌변하기까지 걸린 시간은 1초 남짓.

일격에 박살 난 제국군 기간틱 아머, 저거넛(Juggernaut)이 아스팔트 위를 데굴데굴 굴렀다.

학살과 파괴의 향연을 벌이던 다른 기갑병들이 순간적으로 멈칫했다.

그 위로 무형의 폭풍이 몰아쳤다.

콰과과과과!

강화 합금으로 이루어진 장갑이 믹서에 갈리듯 찢겨져 나갔다.

일렬을 이루어 도심 위를 질주하던 기갑병들이 수수깡처럼 분질러지고 꺾이고 갈라졌다.

"제기랄! 뭐가 어떻게 된 거야!"

"적습이다! 적의 위치를 확인해!"

군관을 불문한 병력들이 바삐 주변을 살폈다.

그러나 적의 모습은 보이지 않았다.

상식적으로 판단해 봤을 때 가능성이 높은 것은 저격.

지휘관들은 당혹감 속에서 일단은 FM대로 행동했다.

"집결하라! 방진을 구축해!"

"등을 맞대고 방패를 세워라!"

고전적인 방어진들이 도시 곳곳에 구축됐다.

기간틱 아머의 무장 중 가장 방어력이 높은 것은 역시 방패.

등을 맞대고 둥근 방패벽을 세우는 것은 심플하면서도 간단한 방식이었다.

일반적인 경우에는.

지금은 아니었다.

번쩍!

섬전이 상공으로부터 내리꽂혔다.

단번에 심장부를 내준 원형진이 안쪽으로부터 터져 나갔다.

콰과과콰!

노도처럼 질주하는 강기의 기류.

검은 기운의 다발이 채찍처럼 발광하며 기갑병들을 난자했다.

흑색 채찍에 난타당한 기간틱 아머들이 걸레짝처럼 찢겨 나갔다.

쾅! 콰광! 콰과광!

곳곳의 방어진이 같은 방식으로 찢겨 나갔다.

제국군이 5분 남짓한 시간 동안 대도시의 반 이상을 유린했다면, 상대방은 50초 남짓한 시간 동안 기갑병 부대의 절반가량을 걸레짝으로 만들어버렸다.

빠르고 압도적인 파괴의 향연.

유유히 상공을 지나가려던 비행 선단으로선 기수를 돌릴 수밖에 없었다.

"내장 센서가 양호한 기간틱 아머는 437기! 563기의 기간틱 아머가 전투 불능 상태입니다!"

"기습을 가한 적의 위치는 포착되지 않고 있습니다!"

오퍼레이터들이 분주히 재잘대는 가운데 제국군 수뇌부는 패닉 상태에 빠졌다.

가장 쉽고 빠르게 끝나야 할 전투에서 예상치 못한 반격을 당한 것이다.

그중에서도 펠드로스의 당혹감은 더욱 컸다.

"미친 자식……! 1억의 마수 군단을 내버려 두고서 이쪽으로 왔단 말이냐!"

만전을 기한 은밀 기동이 들통 난 것까진 이해할 수 있었다.

하지만 설마 혼자서, 이런 식으로 반격해 올 거라고는 생각도 못 했다.

"아시아 서부를 내주겠다고? 중국을 방패로 삼겠다는 것이냐."

그런 생각이라면 전술적으로 나쁠 게 없었다.

오히려 이 기회에 적시운을 제거한다면 전쟁 자체를 끝낼 수도 있을 테고.

"내 손으로 해치워 주마."

레이더를 비롯한 감지 체계로 비추건대 적시운은 홀로 이곳에 왔다.

반면 펠드로스는 2만에 달하는 병력과 대규모 선단이 함께였다.

개인 전투력 면에서 적시운이 근소 우위를 차지한다 해도 이 대병력을 무시할 정도는 결코 아니었다.

일대일로 깔끔하게 이길 수 없다는 점은 분했지만 패배하는 것보단 나았다.

무력화된 적시운의 낯짝에 오줌이라도 갈겨준다면 더러운 기분도 한결 나아질 것이었다.

"여기서 끝장을 내주마!"

각오를 다진 펠드로스가 눈을 감고 집중했다.

기간틱 아머들을 쓸어버리고 있는 힘은 크게 두 가지.

수라강기와 염동력이었다.

그리고 염동력의 경우 그 힘의 발원지를 얼마든지 역추적이 가능했다.

펠드로스는 적시운을 능가하는 염동술사, 더블 S랭크의 이능력자였기에.

'어디냐!'

거미줄 같은 무형의 감지망이 펠드로스를 중심으로 퍼져 나갔다.

그 범위는 족히 반경 수십 ㎞에 이르렀다.

예상대로라면 몇 초 지나지 않아 놈의 위치를 파악할 수 있을 터였다.

하지만 그렇지 않았다.

펠드로스의 감각에 아무것도 잡히질 않았다.

"뭐야?"

펠드로스는 눈을 떴다.

분명 모니터상으로는 염동력이 기갑병들을 찢어발기고 있

었는데, 정작 그 지점에서 작용하는 힘을 감지할 수가 없었다.

도저히 있을 수 없는 경우였다.

굳이 가능성을 따지자면 한 가지가 있긴 했지만, 그건 현실적으로 결코 불가능한 일이었다.

"놈의 이능력이 나의 힘을 상회한다고⋯⋯?"

다른 사람에게 이런 말을 들었다면 웃음을 터뜨렸을 것이다.

그만큼 말도 안 되고 우스꽝스러운 얘기였으니까.

적시운과 직접 대면했던 게 불과 며칠 전이었다.

그때 확실히 감지할 수 있었다.

고작해야 A랭크에 불과한 적시운의 염동력을 말이다.

한데 그 며칠 동안 기적이 일어났다고?

놈의 힘이 자신에 필적할 수준이 되었다고?

"그딴 말도 안 되는⋯⋯!"

쾅!

펠드로스의 기함이 거세게 흔들렸다.

세상이 뒤집히는 듯한 충격.

지휘실의 모든 것이 뒤집어엎어지고 광란하고 헤집어졌다.

"크윽!"

적색경보가 요란하게 울렸다.

기함의 상태를 표시하는 모니터에 대략적인 현황이 나타났다.

초음속으로 비행하는 무언가가 배리어를 뚫고 들어와 허리

부분을 관통하여 지나갔다.

어지간한 비행선이었다면 반으로 쪼개졌을 법한 심대한 타격이었다.

그리고 이는 시작에 불과했다.

번쩍!

전시창 너머로 보이는 상공 곳곳에서 섬광이 번쩍였다.

눈을 멀게 할 듯한 섬화와 함께 터져 나가는 것은 제국군의 비행선들이었다.

그것도 다수의 병력과 물자, 병기들을 잔뜩 싣고 있는.

펠드로스의 등허리에 소름이 돋았다.

"이런 개……!"

콰과과광!

폭발이 기함을 뒤흔들었다.

관통당한 충격으로 인한 연쇄 폭발이 함선의 내부로부터 일어나고 있었다.

"엔진실이 타격을 입었습니다! 이온 엔진에 과부하가 걸립니다!"

"1분 내로 이온 엔진이 폭발합니다! 속히 탈출해야 합니다!"

비명에 가까운 오퍼레이터들의 외침.

펠드로스는 헛웃음이 나올 것 같았다.

놈이 두 번째 공격을 하지 않은 이유는 달리 있는 게 아니었다.

군이 그럴 필요가 없었기 때문일 뿐.

쓸데없는 제2격을 펼치느니 다른 함선을 노리는 게 효율적이기 때문이었다.

"이 개새끼가!"

분노한 펠드로스는 그대로 지휘실 창을 뚫고 나갔다.

기압 차로 인한 회오리에 선원들이 휘말렸지만 그는 개의치 않았다.

어차피 터져 나갈 함선, 몇 놈이 그 안에서 죽든 알 바 아니었다.

"적시운!"

상공을 수놓는 흑색의 궤적.

새매처럼 날아든 검은 물체가 꿰뚫고 지나갈 때마다 어김없이 비행선 한 척이 터져 나갔다.

마치 불꽃놀이를 하듯 상공을 수놓는 화염을 보며 펠드로스는 분노했다.

부하들을 위한 분노는 아니었다.

자존심을 위한 분노일 뿐.

"죽여 버리겠다!"

펠드로스가 전력으로 날았다.

놈의 염동력이 자신에 필적할 수준에 이르렀다는 사실은 중요치 않았다.

설마 그럴 리도 없다고 생각했고, 놈이 자기보다 강할지도 모른다는 사실을 용납할 수도 없었다.

-펠드로스 님! 명령을 내려주십시오!

통신기를 통해 장교들의 목소리가 들려왔다.

다급하기 짝이 없는 그 목소리는 마치 윙윙대는 모깃소리 같았다.

안 그래도 열 받아 있던 펠드로스의 이성을 날려 버리는 소리였다.

"제기랄! 죽이란 말이다! 놈을 죽여! 전부 쳐 죽여! 그게 바로 네놈들이 하는 일 아니냐?"

-하지만 지금은……!

"닥쳐! 닥치고 죽이기나 해! 죽이지 못할 거라면 뒈져 버려!"

고래고래 소리친 펠드로스가 통신기를 부숴 버렸다.

윙윙거리는 모깃소리가 사라졌다.

남은 것은 눈에 보이는 모기뿐.

어느 정도 궤적에 가까워진 펠드로스가 힘을 발현했다.

"죽어라!"

우우우웅!

염동력의 파장이 모기를 향해 분사되었다.

그 범위 안에 속해 있던 비행선들이 비틀리고 어그러졌다.

오발 사격에 가까운 공격이었으나 펠드로스는 개의치 않았다.

그저 찌그러지는 비행선들처럼 놈 역시 찌그러져 죽기만을
바랄 뿐.

적시운은 방향을 변경해 펠드로스를 향해 쇄도했다.

그에게서도 염동력의 파장이 발산되어 펠드로스의 염동력
과 충돌했다.

우-우-우-우웅!

대등한 두 힘에 의해 공간이 일그러졌다.

그로부터 생겨난 충격파가 대지까지 이어져선 지반을 쪼개
고 건물들을 꺾고 부쉈다.

그것을 본 적시운은 염동력의 파장에 변형을 가했다.

변형된 파장은 펠드로스의 염동력을 상쇄시킴으로써 충격
파를 최소화했다.

어느 쪽이 되었든 펠드로스로서는 믿을 수 없는 일이었다.

"말도 안 되는!"

"안 될 것 없지."

"……!"

등 뒤로부터 들려온 음성.

어느새 펠드로스의 배후로 우회한 적시운이 그대로 권격을
질렀다.

쾅!

거대한 충격파가 상공을 수놓았다.

염동력으로 인한 파장과는 전혀 다른 힘.

순수한 물리력의 충격파가 대지까지 뒤흔들었다.

"크…… 아……!"

펠드로스가 억눌린 비명을 토했다.

화살처럼 날아간 그의 몸이 비스듬하게 땅을 부수고 들어갔다.

치명상은 입지 않았지만 격통은 선명했다.

적시운은 곧장 뒤따라 들어가지 않았다.

놈의 반응으로 보건대 정신 차리자마자 다시 달려들 터.

그동안 다른 놈들을 하나라도 더 처리하는 게 효율적이었다.

제국군 비행 선단은 우왕좌왕하고 있었다.

명령이라도 받았다면 전선을 이탈하든 협공하든 했겠지만, 총지휘관인 펠드로스는 사실상 지휘를 포기한 상태였다.

적시운은 거리낌 없이 그들을 향해 쇄도했다.

스르룽!

검갑에서 뽑혀 나온 탐랑이 시린 빛을 토했다.

적시운은 자신의 검이 이름처럼 게걸스럽게 탐할 수 있도록 강기를 흘려 넣었다.

수라강기를 잔뜩 머금은 마검이 검푸른 빛을 흘리며 은은하게 공명했다.

파앙!

허공을 박찬 적시운이 다시금 비행선들을 향해 쇄도했다.

8

카가가가각!

고랑을 만들며 미끄러진 차수정이 밭은기침을 토했다.

피 섞인 기침이 하얀 눈발 사이로 흩어졌다.

그녀는 느릿하게 심호흡을 하며 진탕이 된 체내를 진정시켰다.

요동치는 배 속을 가라앉힌다는 게 쉬운 일은 아니었지만, 김은혜에게서 배운 요령을 떠올리니 어찌어찌 진정이 되었다.

"대단한 실력이군."

차수정은 고개를 들었다.

휘날리는 눈발 사이로 시커먼 거체가 성큼성큼 걸어왔다.

"그건 내가 할 말 같은데요."

그녀의 대꾸에 드라칸은 미간을 찡그렸다.

특수 섬유로 만들어진 그의 갑주는 이미 걸레짝이 되어버린 뒤.

찢겨진 갑주 사이로 드러난 흉곽엔 기다란 상흔이 나 있었다.

상흔은 금세 아물고 희미한 핏자국만 남았다.

나노 머신에 의한 세포 재생, 혹은 그저 S랭크 육체 강화 능력에 따라오는 재생력인지도 몰랐다.

"설마 폐하를 제외한 다른 누군가가 내게 상처를 입힐 수 있으리라고는 생각지도 못했다."

"인생은 원래 경이의 연속이죠."

"하긴, 바로 어제까지만 해도 눈발이 휘날리는 곳에서 이런 싸움을 벌이게 될 줄은 몰랐지."

드라칸이 고개를 돌렸다.

눈발이 휘날리는 것은 그들 주변뿐.

차수정이 만들어낸 빙판과 빙벽들이 전투로 인해 부서져 흩날리는 것에 지나지 않았다.

불과 수십 m만 옆으로 가도 얼음보다는 불을 발견하기 쉬웠다.

갖가지 포탄과 병기들이 토해내는 불길이 양자강 근역을 송두리째 집어삼키고 있었다.

가열되어 가는 전투.

두 사람의 귀에 부착된 통신기에선 연신 전황에 대한 보고가 이어지고 있었다.

중간 결과를 따지자면 접전이라 표현하는 게 가장 정확할 터.

문수아와 주작전 무사들을 따로 떼어낸 차수정의 판단은 정확했다.

나름 회심의 일격이라 할 수 있었던 제국군 강화 인간 투입은 그녀들에 의해 저지되었다.

그렇다고 타격을 아예 주지 못한 것은 아니었지만, 예상치에 비하면 부족하기 짝이 없는 수준이었다.

쿵.

망치를 세운 드라칸이 말했다.

"너희 병사들은 강인하군. 이렇게까지 제국군에 대항할 수 있는 것은 너희가 유일할 것이다."

"당신들과는 거쳐 온 수라장부터가 다르니까요."

"그건 좀 건방진 소리 같군. 하지만 네 의견을 존중한다."

차수정은 쓴웃음을 지었다.

피 튀기며 죽이려 들어도 모자랄 마당에 존중이 다 무슨 소용이란 말인가.

하지만 드라칸이 그나마 말이 통하는 상대라는 것만은 확실해 보였다.

'게다가……'

착각인지는 몰라도 드라칸은 이 전투 자체를 내켜 하지 않는 것 같았다.

약간의 고민이 뒤따르긴 했지만, 차수정은 일단 그를 회유해 보기로 했다.

"이 싸움, 그리고 전쟁. 무의미하다고 생각해 본 적은 없어요?"

"수도 없이 했지."

드라칸의 낯빛에 그림자가 드리웠다.

"지금도 하고 있고."

"그렇다면……."

"네가 무슨 말을 하고 싶은지는 안다. 그 말에 넘어가고 싶다는 충동도 상당 부분 있다는 것을 인정한다. 하지만 나는 그럴 수 없다. 나는 너희를 쓰러뜨리고 북쪽으로 진격할 것이다."

"황제가 그렇기 명령했기 때문인가요?"

"그분은 나를 구원해 주셨다. 짐승이나 다름없던 내 인생에 인간다운 삶을 선물해 주셨다."

"고전적인 영웅담이군요. 하긴, 당신네에게 필요한 것이긴 하죠. 마수들과 한편인 마당에 조금이라도 착하게 보여야 할 테니."

드라칸의 얼굴이 일그러졌다.

"폐하께서는 세상의 운명이 기로에 섰을 때 홀연히 나타나 마수들을 정벌하셨다. 지금 마수들이 그분의 말을 따르는 것은 정벌 당하고서 그분을 따르게 되었기 때문이다."

"그 얘기를 진심으로 믿고 있어요? 솔직하게 말씀해 보시죠?"

"내가 믿는 진실은 그것뿐이다."

"믿는 게 아니라, 믿고 싶은 거겠죠."

드라칸의 눈동자가 미세하게 흔들렸다.

암석 같은 사내에게서 처음으로 나타난 당혹감.

조금만 더 건드린다면 효과가 있을 것 같았다.

물론 역효과가 날 가능성도 매우 컸지만.

"황제가 바로 천마예요."

차수정은 리스크를 감당하기로 했다.

"그가 바로 아포칼립틱 데몬 로드, 세상에 마수들을 풀어놓은 자라고요."

"그것은 모함이다. 말도 안 되는 거짓말이다."

"마수들이 당신처럼 감동하거나 할 것 같아요? 놈들은 괴물이에요. 누군가에게 감격하여 따르겠느니 충성하겠느니 할 만큼 복잡한 생명체가 아니라고요."

차수정은 드라칸의 폐부를 찌르듯이 말을 쏟아냈다.

"그들이 황제를 따르는 건 감격해서 그런 게 아니에요. 황제가 힘으로 그들을 제압했고, 입으로 그들에게 약속했기 때문이죠. 선물을 주겠다고, 지옥과는 비교도 되지 않는 터전을 마련해 주겠노라고."

"그것은 거짓말이다!"

"황제가 그들을 지구로 이끌었어요. 지금 그러는 것처럼."

부웅!

태풍처럼 휘둘리는 망치.

거대한 풍압이 차수정을 덮쳤다.

차수정은 엎드리다시피 몸을 낮추어 풍압의 벽을 흘려보냈다.

공중제비를 돌 듯이 몸을 일으킨 그녀에게 드라칸의 거체가 쇄도했다.

"나를 현혹시키려 하지 마라! 거짓만을 토하는 네 입을 찢어놓겠다!"

"이건 거짓이 아니라 진실이고, 현혹하려는 게 아니라 각성시키려는 거예요."

"닥쳐라, 마녀!"

부웅!

그녀의 몸집보다도 거대한 해머헤드가 아슬아슬하게 스쳐 지나갔다.

뒤따르는 풍압에 떠밀린 차수정이 빙판 위를 굴렀다.

"큭!"

다시금 진탕하는 뱃속.

내장까지 토해낼 것 같은 기분이었지만 차수정은 이를 악물고 참았다.

콰드드드!

빙벽이 치솟아 올라 드라칸을 가로막았다.

몇 번이고 그녀를 위기에서 구해낸 능력.

분노 속에 이를 악문 드라칸이 망치를 휘둘러 빙벽을 박살냈다.

'아무래도 설득하기는 힘들겠어.'

드라칸은 자신의 믿음이 틀렸다는 것을 알고 있다.

그럼에도 뜻을 꺾지 않는 건 충성심이 그만큼 크다는 의미.

무슨 말로도 그의 뜻을 꺾는 건 힘들 것이다.

멈추려면 죽여야 한다.

'하지만 어떻게?'

차수정은 자신의 검을 내려다봤다.

하늘색에 가까운 빛으로 은은하게 빛나는 검신.

그 선명한 검 면에 그녀의 얼굴이 반사됐다.

'도망만 쳐서는 이길 수 없어.'

이기고자 한다면 뚫고 나가야만 했다.

때마침 드라칸은 반쯤 이성을 잃은 상태.

냉정을 잃은 상대에겐 어떤 공격도 본래 이상의 위력을 발휘하는 법이었다.

게다가 그녀는 김은혜에게서 많은 것을 전수받았다.

그녀에게 설하유운공을 전수한 것은 적시운이었지만, 무공의 뼈대를 구축시키고 제대로 완성시켜 준 이는 김은혜였다.

'지금이라면.'

차수정은 심호흡을 하고서 내공을 끌어올렸다.

검신을 감싼 기운이 보다 선명한 빛을 띠었다.

우우우웅……!

부드럽게 흘러나오는 검명(劍鳴).

차수정은 서서히 붕괴되는 빙벽을 바라보며 섰다.

그리고 이내 벽을 향하여 달렸다.

콰광!

빙벽이 산산조각 났다.

벽을 부수고 나온 드라칸이 씩씩거리며 차수정을 찾았다. 그리고 그녀가 지나치게 접근해 있음을 깨달았다.

"……?"

가장 먼저 떠오른 것은 의문.

그간 회피에 집중하며 간간이 반격만 하던 것과는 완전히 배치되는 행동이었다.

이어지는 것은 경악.

내공을 감지하거나 할 순 없었지만 다른 것들은 볼 줄 아는 드라칸이었다.

예컨대 마지막으로 내디딘 차수정의 발이 묵직하게 빙판을 파고들었다는 점 같은 것들.

그녀는 묵직한 한 방을 준비해 두었다.

'꿰뚫린다!'

설하유운공 최종 절초.

설중매(雪中梅).

차수정의 칼날이 드라칸의 가슴 한복판에 틀어박혔다.

"크……으아아아!"

펠드로스는 짐승처럼 포효하며 위로 솟구쳤다.

땅을 헤집고 나온 그의 두 눈동자가 분노와 증오로 타올랐다.

"적시운!"

쩌렁쩌렁한 괴성과 함께 그가 허공으로 박차 올랐다.

땅속에 처박혀 있던 것은 고작해야 몇 초.

그러나 그 짧은 찰나에 적시운은 이미 2대의 비행선을 더 가라앉혔다.

"죽여 버릴 테다!"

펠드로스는 적시운에게 쇄도하는 한편 포탄처럼 응축된 염동파를 갈겼다.

막 또 한 대의 비행선을 반으로 쪼갠 적시운이 염동파를 향해 왼손을 뻗었다.

파앙!

대등한 기운의 충돌과 상쇄.

충격파가 터져 나오는 가운데 두 사람이 서로를 향해 돌진했다.

염동력만으로는 타격을 주기 어려웠다.

적시운은 자신의 염동력을 방어에만 총동원하고 있었다.

때문에 경험 면에서 우위에 있음에도 펠드로스가 별반 타격을 입히지 못하는 것이었다.

"그렇다면!"

쿠구구구!

펠드로스의 주먹 위로 시커먼 기운이 소용돌이쳤다.

황제에게서 사사한 또 하나의 무기.

천마신공 권식 제일격, 천랑섬권이었다.

"죽어!"

펠드로스가 권격을 떨쳤다.

대지를 꿰뚫고 태산을 쪼개고도 남을 힘이 적시운을 향해 날아들었으나……

"약해."

쾅!

거대한 충격이 펠드로스의 관자놀이를 강타했다.

무슨 일이 벌어진 건지 자각하기도 이전에 펠드로스의 몸이 대지를 향해 내리꽂혔다.

그 아래에 있는 것은 반파된 빌딩.

천장을 뚫고 들어간 펠드로스의 몸이 각 층을 부수며 아래로 파고들었다.

쿠궁! 쿵! 쿠구구궁……!

뭉게뭉게 피어오르는 먼지구름.

왼쪽 주먹을 거둔 적시운이 가볍게 숨을 뱉었다.

"이게 진짜다."

파앙!

대꾸라도 하듯 파공음이 터져 나왔다.

빌딩의 옆구리를 뚫고 나온 펠드로스가 적시운을 향해 재차 날아들었다.

"그렇다면 이건 어떠냐!"

펠드로스는 염동력을 갑옷처럼 몸에 둘렀다.

그 상태로 내공을 최대한 끌어올렸다.

염동력과 내공, 두 가지 힘을 동시에 두른 그가 적시운에게 쇄도했다.

적시운은 탐랑을 검갑에 집어넣었다.

놈이 육박전으로 덤벼드는 이상 같은 방식으로 상대하고 싶었다.

앞으로 있을 황제와의 일전을 대비해서라도.

"죽어!"

고함치며 달려드는 펠드로스를 향해 적시운은 냉소를 지었다.

"그것도 이게 진짜다."

쿠구구구!

수라강기와 염동력으로 몸을 두른 적시운이 펠드로스의

주먹에 주먹으로 맞섰다.

두 사람의 권격이 충돌한 순간 터져 나온 충격파가 도시를 휩쓸었다.

안 그래도 파손되어 있던 빌딩들이 무너지고 도로 위로는 균열이 질주했다.

두 사람의 염동력은 충돌한 순간 회오리처럼 휘감겨 상쇄 됐다.

그로 인해 소용돌이가 생겨났고, 두 사람은 그 안에서 공방 을 교환했다.

얽히는 두 팔과 맞부딪치는 무릎.

발끝은 얼굴을 노리고 손날 끝은 낭심을 노린다.

어떤 것은 가로막히고 어떤 것은 적중하는 가운데, 조금씩 밀려나는 쪽은 펠드로스였다.

"크, 크으윽……!"

"황제가 잘 가르쳤군."

이를 악무는 펠드로스와 달리 적시운의 어조는 느긋했다.

"하지만 거쳐 온 수라장의 격이 달라."

쾅!

얼굴 한복판에 꽂힌 주먹이 펠드로스의 콧등을 박살 냈다.

걸쭉한 핏물이 적시운의 주먹을 타고 늘어졌다.

두개골 안까지 파고드는 충격 속에, 펠드로스는 한 가지를 깨달았다.

'그분께…… 거의 필적하는……!'

쾅!

두 번째 권격이 같은 지점에 꽂혔다.

9

우드득!

섬뜩한 소리가 두개골 안에서 메아리쳤다.

콧등으로부터 시작된 충격이 뇌간을 지나치고 척추를 타고 내려가 내장들을 진탕시켰다.

티타늄으로 후려쳐도 꿈쩍하지 않을 두개골에 쩌저적 금이 갔다.

박살 난 콧등은 뻘건 피를 펌프처럼 뿜어댔다.

뒤틀린 인형처럼 망가지는 몸뚱이.

어지간한 인간이라면 즉사했을 타격이 펠드로스에게 가해졌다.

쿠구구구구!

고랑을 파고 미끄러진 펠드로스가 건물 잔해와 충돌했다.

안 그래도 박살이 나 있던 건물은 그 충격으로 폭삭 가라앉았다.

거대한 먼지구름이 파도처럼 솟구쳤다.

막대한 충격파에 신 동경이 들썩였다.

"……."

주먹을 거둔 적시운은 먼지구름의 한복판으로 곧장 뛰어들었다.

"크, 으아아!"

절규하듯 포효한 펠드로스가 내공을 끌어올렸다.

박살이 난 콧등은 빠르게 치유되었다.

그 또한 백진율에 버금가는 경지에 접어든 초인이었기에 일정 수준 이상의 재생력을 갖추고 있었던 것이다.

그러나 받은 타격을 모두 없애기엔 짧은 시간.

충격의 여파로 인해 펠드로스는 비틀거렸다.

적시운은 그런 펠드로스의 멱살을 틀어쥐고서 위로 솟구쳤다.

퍼엉!

먼지를 흩으며 솟구친 적시운은 상공을 내달렸다.

아직 많은 수의 비행선이 대기 중.

지휘관의 공백으로 인해 이러지도 저러지도 못하고 있었다.

사실 명령이 제때 내려왔더라도 달라질 건 없었을 것이다.

적시운이 전투에 돌입한 시점으로부터 크게 시간이 흐른 것도 아니었기에.

"네놈, 적시운!"

먹살을 붙들린 펠드로스가 소리쳤다.

비행하는 두 사람의 주변에선 연신 공간이 왜곡되고 분열되었다.

염동력을 총동원해 공격하는 펠드로스와, 역시 염동력을 총동원해 방어하는 적시운.

둘의 능력이 거의 대등했기에 애꿎은 주변 공간만 일그러지고 파열되었다.

"제기랄!"

염동력으로는 답이 없다.

너무나 가까운 상태인지라 팔을 당기고 뻗을 공간조차 나지 않았다.

제대로 된 권격을 먹이기란 불가능한 상황.

그래서 펠드로스는 발광하듯 몸을 틀며 어떻게든 벗어나려 했다.

하지만 먹살을 틀어쥔 손은 너무나 굳건했고, 날아오르는 스피드는 너무나 빨랐다.

거대한 그림자가 머리 위로 드리웠다.

그 의미를 파악한 펠드로스가 입을 벌렸다.

"이런 미친……!"

쾅!

한데 엉킨 두 사람은 장갑을 꿰뚫고서 비행 구축함 내부로 파고들었다.

금속 파편과 전선 다발이 스치고 휘감기는 가운데 펠드로스는 필사적으로 발악했다.

"뒈져! 뒈지라고! 제기랄! 좀 죽으란 말이다!"

근접 상태에서 발경을 먹여도 통하질 않는다.

박치기를 먹여도 자기 이마만 아프다.

하다 하다 할퀴기까지 했는데도 손톱만 부러져 나갈 따름.

무력감이 죽음처럼 엄습했다.

최강의 무기인 염동력이 상쇄되고 나니 남는 것은 조금 강한 무공을 지닌 한 사람의 인간일 뿐이었다.

물론 펠드로스의 무위를 조금 강한 수준이라고 표현하는 것은 말도 안 될 일이었다.

그는 황제에게서 천마신공을 직접 사사한 존재.

무공 수위를 따지자면 적수를 찾을 수 없는 강자였다.

하지만 상대방은 그 이상.

괴물이었다.

쾅!

또 한 번의 주먹이 얼굴 정중앙에 틀어박혔다.

앞선 두 번의 권격을 뛰어넘는 위력.

발광하다 얻어맞은 탓에 타격은 한층 컸다.

"크……아아!"

쾅! 쾅! 쾅! 쾅!

적시운은 경쾌하기까지 한 템포로 펠드로스의 얼굴을 후려 갈겼다.

왼손은 단단히 멱살을 틀어쥐고 오른손은 주기적으로 당겼다 뻗는다.

단순하다 못해 조악해 보이기까지 하는 권격.

그러나 그 안엔 천마신공 천랑권의 모든 묘리가 담겨 있었다.

그리고 무엇보다도, 한 방 한 방이 산을 쪼개고 남을 위력이었다.

쿠구구구구!

권격의 충격파가 구축함을 뒤흔들었다.

적시운은 일부러 궤도를 마구 바꿔 가며 구축함 내부를 헤집어놓았다.

안쪽으로부터 걸레짝이 되어버린 구축함이 충격파로 인해 뜯겨져 나가기 시작했다.

파멸로의 카운트다운.

내버려 두면 구축함이 알아서 자멸할 것임을 깨달은 적시운은 돌아보지 않고 바깥으로 뚫고 나갔다.

그리고 다른 비행선을 향해 쇄도했다.

"제기랄! 반격해! 놈을 죽여. 죽이란 말이다!"

피 섞인 침을 튀겨 가며 펠드로스가 소리쳤다.

그러나 공허한 외침일 뿐.

풍압과 파공음 속에서 그의 목소리는 누구에게도 닿지 않았다.

아니, 한 사람이 있긴 했다.

그가 지껄이는 말 따위엔 관심도 없다는 게 문제였지만.

쾅!

다시금 내리꽂히는 주먹.

순간적으로 눈앞이 캄캄해졌다.

"억……!"

안구가 뭉개졌다는 걸 펠드로스가 깨달은 것은 조금 뒤의 일.

놈의 집요한 권격에 얼굴을 감싸던 호신강기가 완전히 깨져 나갔다.

호신강기가 남아 있던 때에도 타격을 완전히 막아내지 못했는데, 그게 사라졌다면 말할 것도 없는 일이었다.

적시운은 성큼 펠드로스의 머리를 움켜쥐었다.

어마어마한 악력이 턱뼈와 두개골에 걸렸다.

하악골과 상악골이 어그러지고 손가락이 관자놀이를 파고들었다.

영혼이 찢길 듯한 충격에 펠드로스는 바르르 몸을 떨었다.

"끄아아아악!"

생애를 통틀어 한 번도 느껴본 적 없는 어마어마한 고통.

펠드로스는 온몸으로 체액을 쏟으며 비명을 질렀다.

그는 태어날 때부터 강대했던 존재.

인류의 먹이사슬 최상위를 한 번도 떠나본 적이 없었다.

그렇기에 이렇게 다쳐본 적도, 고통받아 본 적도 없었다.

심지어 황제에게 무공을 사사할 때조차도 그러했다.

무공 전수는 격체신진술을 통해 이루어졌기에 직접 몸으로 구르고 고생을 할 이유가 없었던 것이다.

생경하기 짝이 없는 고통과 굴욕.

분노를 느낄 새도 없이 고통이 뇌리를 잠식했다.

극한까지 몰린 펠드로스는 오로지 벗어나고 보겠다는 일념 하에 염동력을 폭주시켰다.

콰과과과과!

조금 전까지와는 다른 위력.

극한까지 몰린 펠드로스의 염동력은 적시운의 힘마저 뛰어넘었다.

그러나 확실한 방향성 없이 발현된 탓에 제대로 제어되지 않고 있었다.

'그렇다면…….'

적시운은 방식을 바꿨다.

'맞부딪치는 대신 흘려낸다!'

펠드로스의 힘은 그저 날뛰기만 할 따름이었다.

제대로 제어되지 않는 그 힘에 적시운이 방향성을 얹어주었다.

결과적으로 펠드로스가 방출한 힘은 제국군의 비행 함대를 향하여 뻗어 나갔다.

기이이이잉……!

염동력의 영향을 받은 비행선들이 곳곳으로 끌리고 밀려났다.

비행선들은 충돌하거나 뒤집히고, 우그러지거나 찢겨 나갔다.

자멸에 가까운 일격.

안 그래도 큰 타격을 입은 제국군 선단이 마침내 분열되었다.

"제기랄! 여기서 개죽음을 당하진 않겠다. 선수를 돌려라! 당장 이곳을 벗어난다!"

"배리어를 강화하고 전속력으로 전선을 이탈하라!"

"후퇴! 후퇴하라!"

함장들이 앞다투어 전선 이탈을 명했다.

함대가 입은 타격도 타격이거니와 펠드로스가 펼친 아군 공격은 그들의 전의를 완전히 꺾어놓았다.

펠드로스는 그런 사실조차 알지 못했다.

두 눈알이 뭉개진 고통 속에서 그저 비명을 토하고 폭주할 따름이었다.

"죽여 버릴 테다, 적시운!"

펠드로스는 무작정 힘을 발산했다.

그 힘이 적시운에 의해 역이용당한다는 것도 모른 채.

그가 원하는 것은 오로지 하나, 적시운을 죽이는 것뿐이었지만 정작 그의 판단은 아이러니하게도 적시운을 돕고 있었다.

상당수의 비행선이 파괴되어 나갔다.

살아남은 비행선 대부분은 전선 이탈을 택했다.

거기까지 확인한 적시운은 탐랑을 다시 뽑았다.

"적시우우운!"

가까스로 제어력을 되찾은 펠드로스가 적시운을 향해 염동파를 집중시키려 했다.

하지만 적시운이 한발 빨랐다.

콰가가각!

십이성 공력의 아수라검계가 펠드로스의 폐부를 찌르고 들어갔다.

탐랑의 검신으로부터 풀려난 수라강기가 펠드로스의 체내를 갈가리 찢어발겼다.

그러고도 남아도는 힘이 모공과 칠공으로 뿜어져 나와선 날뛰었다.

"끄아아아아!"

귀곡성에 가까운 비명과 함께 펠드로스가 소멸했다.

더블 S랭크의 이능력자, 인류의 정점이나 다름없는 존재치고는 허망한 최후였다.

"다음은……."

적시운은 시선을 돌렸다.

꽁지를 보이며 달아나는 비행선들이 보였다.

제국군의 선단은 처참한 몰골이었다.

너덜너덜하지 않은 비행선이 없을 지경.

찢겨지고 부서진 함선들보다는 물론 나은 편이었지만, 저 상태로 태평양을 횡단해 되돌아갈 수 있을지 의문일 지경이었다.

'하지만…….'

만약 돌아가는 데 성공한다면 저들은 다시금 재정비하여 쳐들어올 것이다.

지금의 적시운에게 있어 큰 위협까진 되지 않겠지만 그래도 방심할 순 없었다.

황제가 또 어떤 비장의 수를 남겨두었을지는 알지 못할 일이었으니.

최선의 수는 전멸시키는 것.

하지만 저항 의지가 없는 적을 끝끝내 몰살하는 것이 괜찮은 것인지 의문이 들었다.

[그 점에 대해선 고민하지 않아도 될 듯하네만.]

'뭐?'

[뒤쪽을 살피게나.]

기감을 펼친 적시운은 천마의 말뜻을 이해했다.

태극 마크가 선명하게 찍혀 있는 한국군 비행 선단이 다가오고 있었다.

그렇다고 바로 지척까지 접근한 건 아니고, 최소 수십 ㎞의 거리가 떨어져 있었지만.

적시운은 단번에 날아가 함대와 조우했다.

그리고 기함을 찾아 탑승했다.

기함의 지휘실에는 권창수가 앉아 있었다.

"일본 정부의 지원 요청을 받고 가던 길이었습니다. 한데 보아하니 적시운 님께서 처리하신 듯하군요."

"전부는 아닙니다. 패잔 병력이 남아 있습니다. 함선들의 상태가 말이 아니니 금방 뒤쫓을 수 있을 겁니다. 지금이라면 항복 권고가 먹힐지도 모릅니다."

적시운의 대답에 권창수는 고개를 끄덕였다.

"가능한 평화적인 방법으로 해결하겠습니다. 한데 중국 쪽은 괜찮은 겁니까?"

적시운은 고개를 저었다.

"다시 돌아가야죠."

"특히 서부 쪽이 문제인 것 같습니다. 물량 앞엔 장사가 없다는 말이 이보다 어울릴 수 없는 것 같더군요."

적시운의 공백이 확실히 컸던 모양.

하지만 어쩔 수 없었다.

그가 아니면 펠드로스를 막을 수 있는 사람이 없었기에.

"차수정은…… 남쪽은 어떻습니까?"

"조금 전에 들어온 보고에 의하면 백중세라고 합니다. 차수정 부길드장은 홀로 드라칸을 묶어두고 있습니다."

적시운은 고개를 끄덕였다.

서부가 되었든 남부가 되었든 빨리 가 봐야 할 듯했다.

권창수도 그걸 알기에 사소한 잡담은 늘어놓지 않았다.

"패잔병 처리는 저희에게 맡겨주십시오. 가시기 전에 뭐라도 한잔하시겠습니까?"

"냉수면 충분합니다."

권창수가 병에 담긴 물을 따라 건넸다.

단번에 컵을 비운 적시운이 지휘실을 나섰다.

한국과 북미 제국 간의 첫 전투가 발발한 뒤로 3시간째.

펠드로스가 이끄는 트리즌 버스터 2, 3사단은 패배했다.

단 한 명의 인간에 의해.

10

"갈겨!"

악에 받친 고함은 전장의 소음에 파묻혔다.

바로 옆에서 소리치는데도 들리지 않을 지경이었지만 대기 중이던 대미지 딜러들은 누가 먼저랄 것 없이 방아쇠를 당겼다.

극한까지 당겨진 긴장감과 단련된 전투 감각이 그들의 몸을 이끌고 있었기에.

갖가지 이능력과 총탄들이 탱커 라인을 넘어 마수들을 유린했다.

화염과 뇌전, 이온과 강철이 작렬하는 가운데 탱커들을 이를 악물고서 마수의 파도를 버텨냈다.

새카맣게 물든 바다 위에 올로 떠 있는 밝은 섬 하나.

1만 명의 길드 연합은 원진을 유지한 채 마수들과 악전고투하고 있었다.

최초의 진형은 한 방향만을 막아서는 형태였으나 억 단위의 개체를 가로막는다는 건 애초에 불가능했다.

결국 대부분의 마수들이 우회하여 후방을 치고 들어왔고, 황급히 진형을 바꾸어 모든 방향의 공격에 맞서게 되었다.

그나마 다행인 것은 마수들의 진격이 멈췄다는 점.

일부만 남겨 연합을 묶어두고 그대로 밀고 나가는 것도 가능할 텐데, 1억이 넘는 마수 모두가 이곳에 남았다.

물론 그 사실에 기뻐할 수만은 없었다.

놈들이 전부 남았다는 것은 곧 자신들을 철저히 몰살시키겠다는 의미나 마찬가지였기에.

어떻게든 버텨야 했다.

길드 연합은 미리 준비해 둔 대로 원진을 편성했다.

한가운데엔 지휘소와 서포터들이, 그 바깥으로는 원거리 딜러와 힐러들이, 가장 외부엔 근접 딜러와 탱커들이 자리를 잡았다.

외형만 보자면 별것 없는 원진이었지만 치밀한 계산의 결과였다.

당장 진형의 크기만 해도 그랬다.

진형이 너무 컸다간 결속이 약해지고, 반대로 너무 작아선 광역 공격에 취약해질 위험이 컸다.

더불어 1만 병력을 적재적소에 투입함은 물론 각 부대 간의 동선과 연계도 감안해야 했다.

이러한 요소들에 대해 길드 연합 수뇌부는 며칠 밤낮을 고민했고, 가장 효율이 높은 형태와 지형을 찾아 자리를 잡았다.

나머지는 그저 버티는 것뿐.

전술적으로는 최선을 다했으니 싸우는 일만 남아 있었다.

끝없이 몰려드는 마수들.

과연 끝이 보이긴 할지 의심되었지만 그들로선 다른 선택지가 없었다.

그저 죽이고 또 죽일 뿐.

"레온하르트가 이끄는 21번 탱킹 소대가 궤멸됐습니다!"

"21번 관할 지점은요? 설마 뚫린 겁니까?"

"22번과 19번 소대가 임시방편으로 자리를 메우고 있습니다. 하지만 이대로 내버려 두면 동쪽 방어진 전체가 붕괴될 겁니다."

"남아 있는 예비 탱커가 얼마나 되죠?"

"대략 300명 정도……. 교대 및 휴식 로테이션을 감안했을 때 차출할 수 있는 병력은 20명이 최대입니다."

진형 정중앙에 자리 잡은 지휘소.

길드 연합 수뇌부가 그곳에서 병력을 지휘하고 있었다.

수뇌부라 해봐야 숫자는 임성욱을 비롯한 두어 명뿐.

대다수의 길드장은 전선에 나가 있었다.

"예비 병력은 내보내지 않겠습니다."

잠시 침묵하던 임성욱이 결정을 내렸다.

상황이 상황인 만큼 길게 고민할 시간이 없었다.

"대신 제가 다녀오죠."

"임 의원장님은 이 자리를 지키셔야 해요."

"오래 있지 않을 겁니다. 진형을 후퇴시켜 재정비하게 만든 다음 돌아오겠습니다. 그동안 은여월 님께서 총지휘를 맡아주십시오.”

총지휘라 해봐야 복잡할 건 없었다.

마수들은 전술이라 할 것도 없이 그저 몰려오고만 있을 뿐이었으니.

하지만 그렇다 하여 부담이 되지 않는 것도 아니었다.

“최대한 노력해 보겠습니다, 임 의원장님.”

“감사합니다. 그럼.”

임성욱이 단숨에 막사 밖으로 내달렸다.

해동 무예의 계승자라면 탱커 1개 소대의 역할을 충분히 하고도 남을 터.

은여월은 동부 방어진에 대한 불안은 잊기로 했다.

“물러났던 비행형 마수들이 되돌아옵니다!”

“먼젓번과 마찬가지로 마족들이 이끌고 있습니다!”

오퍼레이터들이 다급한 어조로 보고했다.

레이더 디스플레이를 돌아본 은여월이 빠르게 판단했다.

“헨리에타 독립 중대에 연락하세요. 현 위치에서 2㎞ 북쪽으로 비행형 마수들이 3분 이내에 들이닥칠 거라고요.”

“알겠습니다.”

“해당 지점 근방의 원거리 딜러와 힐러들에게도 연락을 넣으세요. 외부 병력보다도 이쪽이 시급합니다.”

비행형 마수들은 단번에 진형을 깨뜨릴 위험성을 지녔다.

자칫하면 내부에서부터 군단이 붕괴될 수도 있는 만큼 신속하고 확실하게 처리할 필요가 있었다.

은여월의 지시 사항은 곧바로 통신을 타고 각 부대에 전달됐다.

"알았다고 전해. 이번에야말로 확실히 끝장을 낼 거라고."

통신기를 내려놓은 밀리아가 땅에 꽂힌 클레이모어를 뽑았다.

흙과 체액, 피로 점철이 된 클레이모어가 흉물스럽게 번들거렸다.

검면에 비치는 그녀 역시도 온몸이 체액 범벅이었다.

"가자, 헨리에타. 그 자식들이 또 몰려올 거래."

몇 걸음 떨어진 위치에서 헨리에타가 가우스 라이플을 점검하고 있었다.

무기가 무기인 만큼 그녀의 외관은 밀리아보다 깔끔했다.

"먼저 가서 요격하고 있을 테니 좀 더 쉬고 나서 따라오도록 해."

그녀의 말에 밀리아가 침을 탁 뱉었다.

"흥, 아직 쌩쌩하다고."

"괜한 고집 부리지 말고."

"정말이거든? 멍청한 새대가리들 정도는 아무것도 아니거든?"

구태여 대검을 머리 위로 빙빙 돌려 보이는 밀리아.

헨리에타는 한숨을 쉬었고 그렉은 혀를 찼다.

"쓸데없는 체력 낭비 좀 하지 마라."

"흥. 남이야 체력 낭비를 하든 말든?"

"네가 살아야 우리가 이길 가능성이 개미 눈곱만큼이나마 올라간다."

"흐웅."

어깨에 검신을 얹은 밀리아가 씩 웃었다.

"그 말은 내 힘이 꼭 필요하다는 얘기네?"

"아예 없는 것보다는 낫겠지."

주머니를 뒤진 그렉이 무언가를 던졌다.

그것을 받아 든 밀리아가 눈을 동그랗게 떴다.

"초코바잖아? 안 어울리게 이런 것도 먹고 다녀?"

"열량 보충용이다. 먹어둬라. 멧돼지처럼 뛰어다니는 데에 조금이나마 도움이 되겠지."

"말 한번 예쁘게 하네. 고맙다고는 하지 않겠어."

"어차피 기대하지도 않는다."

"흥."

초코바를 한입에 털어 넣은 밀리아가 우물거리며 걸음을 옮겼다.

어느새 해당 지점에 자리를 잡은 헨리에타가 바위에 등을 받치고 누웠다.

적은 상공으로부터 날아들 터.

날씨가 흐리고 구름이 많아 시야가 제한되는 면이 컸지만 헨리에타는 개의치 않았다.

그녀의 마탄에는 사각이 없었기에.

그것은 아마 당해본 마수들이 누구보다도 잘 알고 있을 것이었다.

"죽여 버릴 테다!"

안드라스는 포효했다.

갈가마귀의 얼굴을 한 그의 얼굴에 분노가 가득했다.

흑요석과 같은 눈알은 이제 하나만 남아 이글거리는 복수심을 쏟아내고는 중.

나머지 한쪽에선 복수심 대신 시커먼 체액이 쏟아지고 있었다.

인간 계집의 탄환에 당한 상처였다.

어지간한 마수나 마족이었다면 뇌수까지 터져 나갔을 위력.

그러나 상위 마족인 안드라스였기에 눈 하나를 잃는 정도에 그쳤다.

물론 그 사실에 안드라스는 눈곱만큼도 기뻐하지 않았다.

"이번에는 반드시!"

분풀이로 인간 몇 놈을 찢어발기긴 했지만 정작 그 계집 저격수에겐 생채기 하나 입히지 못했다.

바로 옆에 붙어 있던 멧돼지 같은 금발 계집이 필사적으로 방해했던 까닭이다.

하지만 이번만큼은 달랐다.

앞서 데려갔던 것의 2배에 이르는 병력을 끌고 왔으니 말이다.

"그 망할 년부터 찢어발기고 놈들의 진형을 깨뜨리겠다! 신호를 하면 전속력으로 강하해라!"

안드라스가 이끄는 비행형 마수들은 구름 위 상공에 있었다.

평면 좌표상으로는 헨리에타 일행의 바로 위.

수직으로 떨어져 내린다면 사격 각을 제대로 잡기도 어려울 것이었다.

안드라스는 이글거리는 외눈으로 구름 너머 아래쪽을 노려봤다.

천리안의 능력을 지닌 그의 눈은 구름에 가려진 아래쪽 상황도 면밀하게 꿰뚫어 보는 것이 가능했다.

"대기해라. 조만간 땅굴을 파고들어 간 놈들이 아래에서부터 튀어나올 거다. 우리는 그때 협공한다."

그레이트 샌드웜으로 대표되는 지하 마수들.

여타 마수들과 달리 북부의 고비 사막으로부터 오는 중이었기에 전장 합류가 늦었다.

하지만 오기만 한다면 놈들의 진형이 붕괴되는 것은 시간 문제.

거기에 자신이 이끄는 비행 병력이 합세한다면 전황은 삽시간에 기울 터였다.

"그리고 이 안드라스 님은 그 계집의 양쪽 눈알을 모조리 뽑아먹게 되겠지."

"꽤나 소박한 소망이로구나, 안드라스."

낯익은 목소리에 안드라스는 코웃음을 쳤다.

"흥, 플라우로스냐. 온종일 구경이나 할 것 같던 놈이 여기는 무슨 일이지? 이제 와서 숟가락 얹어보겠다는 수작이냐?"

"비슷하다."

"하! 누가 네놈이 그러도록 내버려 둘 줄 아느냐? 네놈의 눈알도 뽑아버리기 전에 썩 꺼져라!"

"너무 열불내지 마라, 안드라스. 네 녀석의 수훈을 가로챌 생각 따위는 없으니까."

"뭐야?"

안드라스가 미심쩍은 얼굴로 부리를 딱 부딪쳤다.

"그럼 대체 뭐하러 온 거란 말이냐?"

"이러려고."

플라우로스가 두 팔을 벌리자 일련의 마수들이 구름 위로 스르륵 올라섰다.

그의 권속이라 할 수 있는 화염계 마수, 레드 팬서(Red Panther)들이었다.

플라우로스가 안드라스를 가리키자 레드 팬서들이 으르렁거리기 시작했다.

검은 연기를 쏟아내는 아가리와 이글거리는 용암 송곳니.

레드 팬서들의 불길로 인해 주위의 구름이 흩어졌다.

심상찮음을 느낀 안드라스가 외눈을 부릅떴다.

"네놈…… 설마?"

"말했다시피 수훈을 가로채지는 않을 것이다."

플라우로스는 송곳니를 드러내며 웃었다.

"네놈의 수급을 가져갈 뿐."

"배신이더냐!"

파앙!

허공을 박찬 플라우로스가 안드라스에게 덤벼들었다.

그것을 신호로 레드 팬서들이 마수들을 덮쳤다.

쿠궁. 쿠구구궁.

연신 섬광을 뿜어내는 상공을 헨리에타 일행은 의아하게 올려다봤다.

"지원 부대가 온 건가?"

"그게 아냐."

그렉의 말을 밀리아가 정정했다.

"놈들끼리 내분이 일어났어."

"내분이라고?"

"확실해. 시커먼 고양이 같은 놈이 시뻘건 까마귀 같은 놈한테 덤벼들고, 불타는 작은 고양이들이 새 떼를 덮쳤어."

"……묘하게 귀여운 표현이네."

그렇게 중얼거리는 헨리에타였지만 밀리아의 말을 의심하진 않았다.

그녀의 시력이 어느 정도인지는 누구보다 잘 알고 있었으니까.

어째서 내분이 일어난 건지 궁금하긴 했지만 어차피 알아낼 방도가 없었기에 헨리에타는 의문을 접어두기로 했다.

"일단은 상황을 지켜봐야겠어. 만약 밀리아의 말대로 내분이 일어난 거면 그 주동자와도 접촉해야겠지."

"마족을 받아들이자고?"

"못할 것도 없잖아? 중요한 건 종족이 아니라……."

쿠구구구……!

대지가 거세게 흔들리기 시작했다.

지금까지의 진동과는 차원이 다른 수준.

단순히 마수 군단의 발 구르기 때문이 아니었다.

헨리에타 일행에겐 무척이나 익숙한 느낌이기도 했다.

"설마……."

"샌드웜이야!"

벌떡 일어선 헨리에타가 바닥을 겨냥했다.

콰과과과!

탄환이 발사되는 것과 거의 동시에, 그레이트 샌드웜이 대지
를 뚫고서 튀어나왔다.

11

우르르르르!

천지가 뒤집힌다는 게 어떤 느낌인지 헨리에타는 몇 초 되
지 않는 짧은 시간 동안 확실하게 깨달을 수 있었다.

그레이트 샌드웜은 그녀의 발아래로부터 솟구쳐 올랐다.

이렇게까지 접근했는데도 알아채지 못한 것은 땅굴의 깊이
때문.

안드라스와 마수들이 구름 너머에 몸을 숨겼던 것처럼 샌
드웜들도 수백 m 지하에 땅굴을 파서 이동해 왔다.

게다가 온 신경이 하늘에 쏠린 틈을 타 기습을 한 셈.

솟구치는 스피드까지 엄청난 수준이라 제대로 반응을 하기
가 어려웠다.

"헨리에타!"

헨리에타는 체공 중에 밀리아의 외침을 들었다.

다행히 샌드웜에 의해 끌려 올라간 사람은 그녀뿐.

그녀의 아래쪽에선 솟아오른 샌드웜이 아가리를 쩍 벌리고 있었다.

'배가 고프다면!'

헨리에타는 허공에서 신형을 반전시켜 샌드웜의 아가리를 겨냥했다.

극도로 예민해진 감각 속에서 세상 모든 것이 슬로모션으로 움직였다.

방아쇠를 당길 여유가 넘쳐흐를 지경.

스코프 너머로 거대한 표적이 입을 벌리고 있었다.

"먹여주지."

그녀는 샌드웜을 향해 마탄을 쏟아냈다.

탕! 탕! 탕! 탕! 탕!

자기력에 의해 가속된 탄환들이 샌드웜의 목구멍으로 빨리 듯 들어갔다.

그녀의 내공에 의해 궤도가 돌변한 탄환들이 샌드웜의 식도와 내장을 갈가리 찢어놓았다.

크에에엑!

몸을 뒤틀며 발광하는 샌드웜.

예전이었다면 공포의 대상이었을 마수였지만 지금의 헨리에타에겐 조금 큰 표적에 지나지 않았다.

"음......"

희미한 신음을 흘리며 차수정이 눈을 떴다.

"......!"

정신을 차리자마자 내공을 돌리며 몸을 살폈다.

혹 단전이 깨어지진 않았는지.

심각한 내외상이 없는지.

마지막으로 운신이 자유로운지.

머리가 깨질 것같이 아프고 턱이 얼얼하긴 했지만 그녀의 몸은 대체로 무사했다.

어떤 것도 몸을 구속하고 있지 않은 걸로 봐선 붙잡히지도 않은 모양.

오른손은 기절한 동안에도 부러진 검을 움켜쥐고 있었던 듯했다.

심호흡을 몇 번 하니 주변의 정황이 눈에 들어왔다.

몇 걸음 너머.

부러진 칼날을 가슴에 꽂은 채 드라칸이 널브러져 있었다.

그대로 절명한 것인가 했지만 흉부가 위아래로 들썩이고 있었다.

거기까지 파악하고 나서야 차수정은 시간이 그리 흐르지 않았음을 깨달았다.

드라칸은 기절한 듯했다.

차수정은 조금 전의 순간을 가까스로 떠올렸다.

칼날이 심장을 파고드는 순간 드라칸은 반사적으로 팔을 휘둘렀고 그것이 차수정의 흉부를 정통으로 강타했다.

다행히 설중매의 검강은 제대로 먹혀들었다.

드라칸은 절초를 심장에 직격당한 충격으로 기절했고, 차수정 역시 정신을 잃었다.

다행히도 그녀가 먼저 깨어났고.

"……."

차수정은 드라칸을 유심히 보았다.

가슴 한복판에 박혀 있는 칼날.

그 아래로 진홍색 핏물이 꿈틀꿈틀 넘쳐 나오고 있었다.

그 양과 기세로 보건대 심장을 제대로 꿰뚫린 모양.

그런데도 숨이 붙어 있다는 점에 소름이 돋았다.

'끝장을 내야……!'

차수정은 부러진 검을 지팡이 삼아 일어서려 했다.

심장을 뚫리고도 숨이 붙어 있는 괴물.

조금만 내버려 두어도 재생하고서 다시 일어설 것임이 분명했다.

그리고 차수정은 설중매나 그에 준하는 절초를 펼칠 기력이 더 이상 없었다.

이 기회를 놓치고 나면 S랭크의 괴물을 죽이는 건 요원해질 터였다.

"큭."

움직이려 하니 뒤늦은 격통이 몸을 엄습했다.

갈빗대라도 부러진 듯 숨을 몰아쉴 때마다 가슴과 옆구리가 욱신거렸다.

차수정은 절로 나오는 눈물을 찔끔 짜내고서 호흡을 골랐다.

마른 우물에 바가지를 긁듯 단전을 살피니 미약하게나마 내공을 끌어낼 수 있었다.

그 기운을 일주시키니 약간이지만 고통이 가라앉고 호흡이 한결 편해졌다.

차수정은 드라칸에게로 걸어갔다.

가까이 다가가니 그의 육중한 거구에 새삼 압도되는 느낌이었다.

기절한 상대에게 이렇게까지 위축될 수 있다는 사실에 차수정은 쓴웃음을 머금었다.

'어떻게 하지?'

숨통을 끊어야 한다.

그것은 알고 있었지만 방법이 떠오르지 않았다.

박혀 있는 칼날이 떡하니 있는데도 막막한 심정.

단순 근력만으로는 더 밀어 넣지 못하리라는 것쯤은 대강 봐도 알 수 있는 일이었다.

내력을 동원한다면 가능하겠지만 지금 몸 상태로는 그것도 힘들 터.

오히려 어설프게 밀어 넣으려다 칼날이 빠질 우려도 있었다.

'도움을 요청하는 게 나을지도.'

차수정은 주변을 두리번거렸다.

눈발은 그쳤지만 안개가 생겨난 탓에 시야가 극단적으로 좁아졌다.

전투의 소음이 곳곳에서 들려왔지만 어느 쪽에 아군이 있는지 분간할 수가 없었다.

일단은 운기조식이라도 해야 하나 고민하고 있을 때.

탕!

"……!"

차수정은 반사적으로 몸을 굴렸다.

하지만 한발 늦었다.

후끈한 감각이 복부에서 치밀었다.

황급히 배를 가린 그녀의 손가락이 붉게 젖었다.

"윽……!"

차수정은 몸을 웅크렸다.

배를 강타한 것은 대물 저격용 철갑탄.

강력한 위력의 탄환이긴 했지만 평소의 그녀였다면 결코 다치지 않았을 것이다.

그나마 정통으로 맞고도 몸이 터져 나가지 않은 것은 설하유운공으로 단련된 육체 덕분.

하지만 그 사실은 지금 이 순간 별다른 위안이 되지 않았다.

"끅……!"

차수정은 신음이 새어 나가지 않도록 최대한 이를 악물었다.

상대에게 위치를 들키지 않으려는 노력.

하지만 상대는 안개 속에서도 무난하게 그녀를 맞힌 실력자였다.

"현명하군. 그렇기에 더더욱 살려둘 수 없다."

안개를 헤치며 장교 한 명이 나타났다.

의상으로 보건대 제국군 장교임이 분명했다.

드라칸과 같은 라틴계.

주름과 흉터가 얼굴에 가득한 중년인이었다.

차수정은 어떻게든 일어나려 했지만 이미 몸이 한계였다.

버둥거릴수록 출혈량만 늘어났고, 결국 그녀는 가만히 엎드린 채로 숨만 몰아쉬는 형국이 되었다.

완전히 무력화된 상황.

상대방도 그걸 아는지 딱히 긴장하지는 않은 눈치였다.

차수정의 얼굴을 확인한 장교의 눈에 이채가 스쳤다.

"딸뻘인 아이라니. 저들은 너 같은 어린아이마저도 전장으로 내몰았단 말이냐?"

당신 생각만큼 어리진 않아.

차수정은 속으로만 대꾸했다.

입을 열었다간 피를 토할 것만 같았기에 어쩔 수 없었다.

장교의 얼굴에 고뇌가 떠올랐다.

이제 와서 새삼 양심의 가책이라도 느끼는 걸까 싶어 차수정은 쓰게 웃었다.

생각해 보면 드라칸도 그러했다.

이런 세상, 이런 전쟁과는 어울리지 않는 우직함과 고지식함이 있었다.

이득보다는 손해가 많을 성격이고 가치관임이 분명하긴 했지만.

'하지만 지금은⋯⋯.'

방심한 틈을 노릴 수도 없을 만큼 무기력하다.

차수정은 모든 것을 포기하고서 눈을 감았다.

'선배, 마지막으로 한 번만 더 보고 싶었는데.'

고민을 마친 장교가 단검을 들고 다가왔다.

차수정은 되도록 그가 고통 없이 숨통을 끊어주길 바랐다.

그리고 적시운은 두 손가락으로 단검을 붙들었다.

"뭣……!"

장교의 눈이 경악으로 부릅떠졌다.

조금 전까지 아무것도 없던 곳에서 돌연 인영 하나가 나타난 것이다.

장교는 반사적으로 총을 뽑아 갈기려 했으나 이내 혼절해선 고꾸라졌다.

경동맥을 살짝 압박하는 것만으로도 기절시켜 버리는 수법.

장교 역시 특수 시술을 받은 강화 인간이었지만 적시운의 염동력 앞에선 소용이 없었다.

적시운은 드라칸을 힐끔 돌아봤다.

그러고는 곧장 차수정의 배에 손을 얹었다.

우우우웅.

막대한 내공이 손끝을 타고 차수정의 몸으로 흘러들었다.

상처가 아물고 단전이 채워졌다.

그에 그치지 않고 체내를 순환하며 손상된 기혈과 맥락을 수복시키는 힘.

차수정은 기분 좋은 따스함을 느끼며 눈을 떴다.

"……선배?"

"그래. 일어날 수 있겠어?"

뭐라고 대답할까 생각하던 차수정이 울상을 지었다.

"아뇨, 아파서 못 일어나겠어요. 선배가 좀 업어줘요."

"안 어울리는 짓을 하는 걸 보니 머리라도 세게 얻어맞았나 보다?"

"내 머리 말짱하거든요?"

적시운이 팔을 잡아당겨 차수정을 일으켰다.

"잘만 일어나네."

"흥."

토라진 척하는 그녀를 보며 적시운은 미소를 지었다.

"힘겨운 싸움이었을 텐데, 잘해줬어. 설마 펜타그레이드를 쓰러뜨리기까지 할 줄은 몰랐는데."

"몰랐는데도 파견을 보냈다는 거군요?"

"가장 신뢰할 수 있는 사람이 너였으니까."

적시운의 대답에 차수정은 가슴이 뭉클해졌다.

"제가요?"

"그래, 너라면 내가 도착할 때까지 어떻게든 버텨줄 거라 생각했지. 설마 쓰러뜨릴 거라고까진 생각하지 못했어. 그래서 최대한 빨리 이쪽으로 날아온 거고."

"저 때문에요?"

"응."

심박수가 빨라지는 기분.

차수정은 화끈거리는 얼굴을 살짝 돌려 적시운의 시선을 피했다.

"좀 더 일찍 왔어야 했는데, 미안해."

차수정은 시선을 피한 채 고개를 가로저었다.

"그런 말은 하지 마세요. 죽음 정도는 언제나 각오하고 있어요."

"그렇다고 정말 죽어선 안 되는 거잖아."

"말이 그렇다는 거죠. 어쨌든 이 얘기는 그만해요. 조금이라도 빨리 전투를 끝마쳐야죠."

차수정은 드라칸에게 다가갔다.

"……."

힘이 회복된 지금이라면 어렵지 않은 일.

단숨에 칼날을 밀어 넣으면 다 끝날 일이었다.

하지만 그 간단한 일이 자꾸만 망설여졌다.

적시운이 그녀의 어깨에 손을 얹었다.

"살려두고 싶다면 그래도 돼. 제압만 제대로 해놓으면 문제가 없을 거야."

"그래도 괜찮을까요?"

"펜타그레이드쯤 된다면 캐널 정보도 많을 거야. 어쩌면 협상용 인질로 쓸 수 있을지도 모르고. 제압만 제대로 해둔다면 여러모로 쓸모가 있겠지."

"그 제대로 제압한다는 게 어려우니까 문제 아니겠어요?"

"보통이라면 그렇겠지."

적시운이 드라칸의 머리에 손을 얹었다.

동시에 염동력으로 심장에 박힌 칼을 붙들었다.

우우웅.

희미한 빛이 머릿속으로 파고드는 동시에 가슴팍의 칼이 뽑혀 나왔다.

흉부의 상처가 빠르게 아물자 흑색의 기운이 적시운의 손을 떠나 드라칸의 머릿속으로 스며들었다.

"끝난 건가요?"

"그래."

고개를 끄덕인 적시운이 대꾸했다.

"당장은 깨어나지 않을 테니 찬찬히 옮기기만 하면 돼."

차수정은 멍하니 입을 벌렸다.

이렇게나 간단히 끝났다는 게 황당하기까지 했지만 불신감은 들지 않았다.

"시운 선배가 그렇다면 그런 거겠죠. 그럼 이제 전투를 마무리하는 일만 남았네요?"

"그래."

적시운은 드라칸을 힐끔 내려다봤다.

"일단은 놈을 데리고 기함으로 돌아가서 김 장관님의 지시를 따라. 펜타그레이드가 쓰러졌으니 승기를 가져오는 건 어렵지 않을 거야."

"선배는요?"

"헨리에타네 쪽에 합류해야지."

차수정이 입을 살짝 벌렸다.

생각해 보면 도움의 손길이 가장 필요한 곳은 다름 아닌 길드 연합 쪽이었다.

"그렇다면 저도……!"

"이쪽부터 확실히 마무리 짓도록 해. 그런 다음에 지원을 와도 늦지는 않으니까."

"아, 알겠어요."

차수정은 복잡한 심정으로 적시운을 바라봤다.

"조심하세요, 선배. 그리고…… 고마워요."

피식 웃은 적시운이 신형을 날렸다.

그 뒷모습을 바라보던 차수정은 이내 드라칸에게로 다가갔다.

한국군 1군단의 승리가 확정된 것은 2시간 뒤의 일이었다.

12

빅터 곤잘레스는 북미 제국의 장교이자 드라칸의 부관이었다.

평생을 마수와의 전쟁과 제국의 평화를 유지하는 데 바쳐 온

군인이며, 그 사실에 무엇보다도 큰 자부심을 지닌 사내였다.

그런 그에게 있어 이번 전쟁은 충격의 연속이었다.

황제는 수십 년간 이어져 온 쇄국령을 허무하게도 간단히 깨뜨렸다.

그들은 갑작스러운 명령으로 인해 평생 존재조차 알지 못했던 국가를 침공하게 되었다.

가증스러운 마수들은 대양을 건너는 동안 단 한 번도 선단을 공격하지 않았고, 심지어 같은 편으로서 공격에 투입됐다.

꿈에도 생각지 못했던, 도저히 믿을 수 없는 일들이 차례로 벌어졌다.

일련의 상황들은 빅터의 가치관을 완전히 박살 내놓았다.

제국에 대한 믿음도, 황제에 대한 충성도.

그리고……

촤악!

차가운 물세례에 빅터는 정신을 차렸다.

무자비한 고문에 대한 공포가 엄습했지만 그가 깨어난 곳은 감옥도 고문실도 아닌 어느 기함의 지휘실이었다.

한참 얼이 빠져 있는데 목소리가 들려왔다.

"품위 없는 방법으로 깨우게 된 점은 사과하지. 당장은 기분이 나쁠지 몰라도 곧 내게 고마워하게 될 거요."

"……?"

빅터는 고개를 젓고서 연거푸 눈을 깜빡였다.

차츰 명확해지는 시야 속에 한 사내가 서 있었다.

중년의 동양인.

체구는 작지만 차돌 같은 단단함이 느껴졌다.

"한국군 1군단 사령관 김성렬이오. 귀하는 아마도 북미 제국군 소속 고위 장교일 테지."

투박하지만 힘 있는 영어.

무뚝뚝하기 그지없는 태도였지만 적개심은 느껴지지 않았다.

그가 다분히 공적인 입장에서 말하고 있다는 게 느껴졌다.

"명령을 받으면 따라야 하는 게 군인의 숙명이지. 하지만 그것이 광인이 내린 무의미한 명령이라면 충직한 군인이라 해도 재고할 필요가 있을 거요."

"……"

"말을 하기 힘드시오? 그런 게 아니라면 대화를 했으면 하오만."

빅터는 간신히 입을 열었다.

"원하는 게 뭐요."

"이 추태와 같은 광란을 끝내는 것."

김성렬의 목소리에 힘이 들어갔다.

"펜타그레이드 드라칸은 쓰러졌소. 지금은 우리가 신병을 구속하고 있지. 귀측 병력은 그럭저럭 버티고 있지만 계속 전투를 이어가다간 전멸을 면치 못할 거요. 이곳은 우리의 땅이고, 우리들은 강하니까."

둘러 표현하지 않는 담백한 표현.

김성렬의 어조에선 흔들림 없는 자신감이 느껴졌다.

"하지만 동시에 우리는 이 싸움의 무의미함도 잘 알고 있소. 아마 그것은 귀측 역시 느끼고 있을 거요."

"……"

"지금이라도 늦지 않았소. 만약 귀하가 제국군의 통신 코드를 알고 있다면 지휘부에 연락할 수 있게끔 도와주시오."

빅터는 당혹감과 불신감 속에 김성렬을 바라봤다.

어쩌면 이게 함정은 아닐까.

통신 코드만 알아내고서 뒤통수를 치려는 것은 아닐까.

'……아니, 그럴 리는 없다.'

빅터는 그의 관점에선 어린애나 다름없는 여성이 드라칸을 쓰러뜨리는 것을 똑똑히 보았다.

기절하기 전의 전황이 그리 좋게 돌아가지 않고 있었다는 것도 분명한 사실.

더불어 김성렬의 태도에서도 속임수의 냄새는 전혀 느껴지지 않았다.

이대로 싸우면 전멸하는 건 제국군이다.

빅터는 제국군으로서의 자존심을 접기로 했다.

"만약 내가 귀측을 돕는다면……."

"항복한 제국군은 국제 협약에 따라 신사적으로 대할 것이오. 어떠한 속임수나 함정도 없소."

"국제 협약이라."

빅터는 쓴웃음을 머금었다.

"그런 것은 이미 오래전에 사라졌다고 생각했소. 제국을 제외한 모든 국가가 멸망해 버렸으니, 제국이 우리에게 그렇게 가르쳐 왔으니."

"그리고 제국의 가르침은 틀렸소."

김성렬의 지적에 빅터는 고개를 끄덕였다.

"인정하오. 설마 우리가 저 괴물들과 같은 편에서 싸우게 될 거라고는 생각지도 못했소."

"그 심정을 십분 이해하오. 그렇기 때문에라도 나는 이 싸움을 최대한 빨리 끝맺고 싶소."

"알겠소. 지휘부의 통신 코드를 가르쳐 드리지."

김성렬이 손을 내밀었다.

조금 주저하던 빅터는 그 손을 마주 잡았다.

쿠구구구!

마치 옛 동화에 나오는 거대한 콩나무처럼, 전장 곳곳에서 샌드웜들이 치솟아 올랐다.

예기치 못한 기습은 길드 연합의 진형을 안쪽으로부터 흔들어놓았고, 외부에서 밀고 들어오는 마수들의 압박도 한층 강해졌다.

"이 악물고 어떻게든 버텨! 너희가 무너지면 모두가 죽는다!"

"안쪽의 벌레들은 독립부대가 어떻게든 처리할 거다! 너희는 눈앞의 괴물 놈들만 죽을 각오로 막아내라!"

탱커진의 리더들이 침을 튀겨가며 소리쳤다.

그 기대에 부응하듯 진형 내의 독립부대들은 입안에서 단내가 나도록 뛰어다니며 샌드웜을 도륙했다.

"예전이라면 몰라도."

밀리아는 클레이모어를 도끼처럼 휘둘러선 그레이트 샌드웜의 몸통을 찍어댔다.

"지금의 너희는 한 끼 식사 거리도 안 돼!"

소호신공의 검강이 실린 클레이모어가 샌드웜의 몸통을 두부 자르듯 파고들었다.

과거엔 수십 명의 공격대를 구성해야 간신히 상대할 수 있었던 A급 마수.

그러나 이제는 그녀 혼자서도 충분히 해치울 수 있었다.

"지렁이 넘어간다!"

쾌활한 외침과 함께 토막이 난 샌드웜의 윗부분이 기울어 졌다.

아래쪽에 있던 전투원들이 황급히 내달려선 깔리는 걸 피했다.

"우리는 저쪽으로!"

엘레노아의 지시를 따라 천마신교의 무사들이 내달렸다.

만약을 대비하여 그들을 독립부대로 지정해 대기시켜 둔 임성욱의 판단이 빛을 발하는 순간이었다.

"참(斬)!"

3인 1조의 합진을 이룬 무사들이 샌드웜을 베고 지나갔다.

밀리아의 강격이 도끼질이라면 이들의 공격은 가위질.

양측에서 교차되며 펼쳐진 검격은 샌드웜의 몸통을 깔끔하게 절단했다.

키에에에!

비명을 토하며 쓰러지거나 잘려 나가는 샌드웜들.

마수들이 준비해 둔 비장의 한 수는 예상보다도 빠르게 진압당하고 있었다.

그리고 이에 호응하여 양동으로 치고 들어갔어야 할 안드라스의 비행 병력은, 역시나 예기치 못한 배신으로 인해 발이 묶였다.

"네 이놈, 플라우로스!"

"귀 안 먹었으니까 고래고래 소리치지 않아도 된다, 안드라스."

"네놈! 감히 동족을 배신하다니! 네놈이 그러고도 무사할 줄 아느냐!"

"동족은 얼어 죽을. 네놈 낯짝이나 보고 나서 지껄여라. 잔털 하나 나하고 비슷한 구석이 있나."

플라우로스가 냉소를 지었다.

살짝 벌어진 잇새로 불길이 이글거렸다.

"그리고 배신이니 뭐니 하는 것도 개소리지. 언제부터 우리가 그리 담합이 잘됐다고."

"네놈!"

"배신이니 동족이니 하는 것도 저 인간들의 개념일 뿐이야. 그런 면에선 내가 네놈보다 더 마족답다고 할 수 있겠군. 데몬 로드가 시키는 대로 따르는 네놈과 달리 나는 내 마음이 내키는 대로 갈 뿐이거든."

화르르륵!

플라우로스의 모피 위로 화염이 솟구쳤다.

불길에 휩싸인 검은 표범이 외눈의 갈가마귀를 향해 달려들었다.

"나는 내 명운을 걸고 베팅을 했다. 네놈의 선택은 뭐지, 안드라스?"

"죽여 버리겠다!"

"그건 대답이 아냐."

쾅!

죽일 기세로 충돌하는 두 고위 마족.

레드 팬서와 비행형 마수들도 한데 뒤엉켜 난장판을 만들었다.

불꽃놀이가 펼쳐지듯 구름이 흩어진 하늘 위로 화염과 뇌전이 번갈아 가며 작렬했다.

그 아래의 대지는 여전히 시커멓게 물든 모습.

전설적이기까지 한 길드 연합의 분투로 인해 엄청난 숫자의 마수가 죽어 나갔지만 전체적인 전황은 크게 달라지지 않았다.

마수들은 여전히 압박하고 인간들은 필사적으로 버티는 중.

억 단위의 개체가 천만 단위로 변하긴 했으나 실질적인 차이는 없었다.

그래 봤자 압도적으로 많다는 건 같았으니까.

쿠구구구.

죽어 나간 마수들이 쌓아 올린 시체의 벽.

그 위를 타고선 쏟아지듯 미끄러지는 또 다른 마수들.

시각적으로 압도되는 광경 앞에 전투원들은 뒷걸음질 치려는 본능을 애써 억눌렀다.

이대로는 뻔한 결말만이 기다릴 뿐.

지치거나 긴장이 풀려 틈이라도 내주었다간 그대로 끝장이었다.

"……아마도 놈들은 그렇게 생각하고 있을 테지."

가래가 잔뜩 낀 듯한 거친 음성.

실제로는 피 거품이 섞여 발음이 어려운 것이었다.

"알겠느냐? 네놈의 베팅이란 것도 결국은…… 파멸로의 지름길에 불과하다는 거다."

마지막 남아 있던 안구마저 파괴당한 채, 안드라스는 부러진 부리를 움직여 조소했다.

"네놈의 배신을 모두가 보았다. 이 사실을 알게 된 그분께서 네놈의 목숨을 거두어 가실 게다."

"유언마저도 지루하기 짝이 없구나, 안드라스. 언제나 그랬던 것처럼."

"흥. 그래, 실컷 지껄여 두어라. 최후의 순간에는 지금처럼 비아냥댈 수도 없을 테니."

"그럴지 아닌지는 막상 되어봐야 알겠지. 아쉽게도 네놈은 보지 못할 테지만."

"아포칼립틱…… 데몬 로드께선 무적이다."

"지금까지는 그랬지."

플라우로스는 안드라스의 옆구리에 꽂아놓았던 양팔을 끌어당겼다.

화르륵.

안드라스의 몸이 타오르기 시작했다.

"네놈은, 그리고 인간들은 결코 살아남지 못하리라……."

"미안하지만 그런 저주는 이야기책에서나 통하는 거라고."

냉소로써 저주에 화답한 플라우로스가 고개를 돌렸다.

마수들의 전투 역시 그가 이끄는 레드 팬서들의 승리로 기운 뒤였다.

"게다가……."

플라우로스는 먼 방향의 허공을 응시했다.

"데몬 로드는 황제 한 명만이 아니거든."

우우우웅.

공간이 바르르 떨리고 있었다.

거대한 존재가 날아오고 있다는 게 온몸으로 느껴졌다.

지난번에 만났을 때보다도 한층 강력해진 힘.

피부를 파고들어 골수까지 흔드는 거대한 전율에 플라우로스는 송곳니를 드러내며 웃었다.

"판데모니엄의 종결자가 나타났다."

팟!

거대한 궤적이 황야를 가로질렀다.

흑색의 섬전이 하늘에서 대지로 비스듬히 내리꽂혔고, 그 궤도상에 있던 모든 것이 한순간에 증발했다.

쿠구구구구구!

섬광의 뒤를 잇는 폭발과 충격파.

수천만의 마수들에 뒤덮여 있던 공간이 갈가리 찢겨져 나갔다.

섬전을 이끄는 것은 한 명의 인간.

검푸르게 타오르는 검을 쥔 그가 왼발을 대지에 처박고는 축으로 삼아 회전했다.

뒤따르며 휘둘러진 검으로부터 부채꼴의 잔영이 퍼져 나왔다.

잔영이 스쳐 지나간 자리에 있던 모든 것이 베여 나갔다.

쿠르르르!

가벼운 지진이 황야를 흔들었다.

수천 마리의 마수들이 한데 고꾸라지며 만들어낸 진동이었다.

길드 연합을 압박하던 마수들의 위세가 자연히 줄어들었다.

압박이 느슨해지는 것을 느끼며 전투원들은 환호했다.

"마침내!"

서걱!

다시 한번 검푸른 검광이 번뜩였다.

수백 m 범위 안의 모든 것이 깔끔하게 잘려 나갔다.

"조금 늦었지만."

적시운은 탐랑을 회수하며 나직이 중얼거렸다.

"돌아왔다."

13

쿠구구구.

곳곳에서 터져 나오는 굉음과 섬광.

온통 새카맣던 황야에 갖가지 색채가 더해졌다.

사방으로 튀는 마수의 체액.

곳곳에서 명멸하는 폭염.

솟구치는 연기와 흐트러지는 체조직 파편들.

파괴의 교향곡이 허공과 대지에서 번갈아 연주되었다.

길드 연합의 고군분투 앞에서도 건재하던 마수들의 진형이 눈에 띄게 붕괴되고 있었다.

마치 마수들이 길드 연합을 상대로 펼치던 작전이 방향만 뒤바뀐 채 펼쳐지는 것 같았다.

다만 별반 효과를 보지 못한 샌드웜들의 공습과 달리, 인간 측의 공습은 막대한 효과를 내고 있었다.

마수들의 한복판에서 날뛰는 것은 단 한 명의 인간.

그의 손아귀에서 검푸른 빛이 작렬할 때마다 수백, 수천의 마수가 지우개를 사용한 것처럼 지워져 나갔다.

수세 일변도이던 길드 연합 역시 부분적으로나마 공세로 전환, 마수들을 거꾸로 밀어내기 시작했다.

그 모든 전환이 몇 분도 채 되지 않는 짧은 시간 동안 이루어졌다.

홀로 전장의 판도를 바꿔 버린 존재에 의하여.

플라우로스는 그 순수한 힘 앞에서 온몸으로 전율했다.

"아포칼립틱 데몬 로드……!"

한때 그들과 판데모니엄을 홀로 평정한 이세계의 존재.

그들에게 지구의 존재를 가르쳐 주고 그곳으로 향하게끔 안배해 준 구세주.

또 다른 언어로는 천마(天魔)라고 불리우는 자.

그를 처음 보았을 때의, 어쩌면 그마저도 넘어서는 경이.

그것을 플라우로스는 지금 이 순간 느끼고 있었다.

쿠구구구구……!

허공으로 솟구친 적시운이 대지를 향해 탐랑을 마구 휘둘렀다.

보이지 않는 거대한 발톱에 대지가 유린당했다.

공간마저 함께 썰어버리는 검격에 의해 마수들은 속절없이 베이고 찢기고 흩어졌다.

그가 펼치는 공세는 검격만이 전부가 아니었다.

적시운은 탐랑을 휘두르는 내내 염동력을 지속적으로 펼쳤고, 곳곳에서 작렬하는 무형의 힘이 마수들을 짓이기고 으스러뜨렸다.

충분한 체력만 뒷받침된다면 1억 개체가 전멸하는 데엔 몇 시간도 채 걸리지 않을 터.

적시운의 공세는 그 정도로 무자비하고 압도적이었다.

하나 정작 대다수의 길드 연합 전투원들은 그 파괴력을 실감하지 못했다.

상공에서 모든 걸 내려다보는 플라우로스와 달리 그들의 시야 및 감각은 한정되어 있었기 때문이다.

게다가 그런 걸 체감하며 경악할 만한 여유도 없었다.

당장 눈앞의 마수들을 쳐 죽이는 것이 급선무였으니까.

체내를 질주하는 아드레날린.

솟구치는 고양감이 그들의 몸을 떠밀었다.

조금 전까지 자신들을 짓눌러 죽이려 들던 마수들에게 복수하라고.

이 세계를 유린한 괴물들에게 그대로 갚아주라고.

전투원들은 그 파괴본능에 몸을 맡겼다.

턱 끝까지 차오른 숨을 거칠게 내뱉으며 막아서는 마수들을 도륙하고 관통해 나갔다.

"조금만 더!"

"있는 대로 화력을 쏟아부어! 오늘 이 자리에서 놈들을 완전히 끝장낸다!"

"돌격!"

탄탄하던 원진이 밤송이 같은 형태로 돌변해 파도처럼 퍼져 나갔다.

길드 연합의 반격에 마침내 마수들이 주춤주춤 물러나기 시작했다.

같은 시각, 적시운은 곳곳으로 이동하며 마수들을 몰아쳤다.

기본적으로는 보이는 대로 쓸어버리는 식.

그러나 대국적으로 보자면 마수들을 안쪽으로 밀어붙이는 방식이었다.

적시운의 광역 공격을 간신히 벗어난 마수들은 반격할 엄두도 내지 못하고서 달아나기 시작했다.

적시운의 안배대로, 집단의 중앙부를 향하여.

최전방에선 후방으로, 후방에선 최전방으로.

서로가 서로를 향해 물러나니 중앙에서 병목현상이 벌어졌다.

마수들이 안쪽으로 뭉쳐 드는 통에 서로가 서로를 짓밟고 짓눌리는 일이 벌어졌다.

황야의 규모를 감안하면 일어나기 어려운 일이 일어나게 된 것이다.

안 그래도 제어하기 어려운 집단인데 병목현상까지 벌어지니 혼란이 극대화됐다.

패닉 상태에 빠진 마수들은 서로를 공격하고 죽이기 시작했다.

"저렇게들 죽고 싶어 환장하는데 우리가 좀 도와주자고!"

"더 몰아쳐!"

길드 연합의 공세가 강화됐다.

방어까지 어느 정도 포기한 총공격.

마수 진형의 병목현상이 심화되고 혼란이 가중됐다.

단순하지만 효과적인 전술을, 길드 연합은 충실히 이행해 나갔다.

혼란이 최고조에 이르렀을 무렵 적시운은 공격을 멈췄다.

위험하다 싶을 정도로 내공을 소모하고 난 이후였다.

[어지간해선 전황이 뒤집히지 않을 걸세. 일단은 운기조식부터 해서 내공을 회복하게.]

"그 전에 해야 할 일이 있어."

적시운은 허공으로 치솟았다.

거의 흩어진 구름 위로 올라서니 플라우로스와 레드 팬서들이 기다리고 있었다.

"마족 백작 플라우로스가……."

적시운을 본 플라우로스가 무릎을 꿇었다.

"위대하신 분을 뵙나이다."

"지난번과는 말투가 많이 달라졌는걸."

"진심으로 귀공께 복종하기로 결심했기 때문이오."

마족답지 않은 겸손한 태도에도 적시운은 차가운 표정이었다.

"네놈들 기준으로는 많이 쳐 죽이는 게 위대한 일인 모양이지?"

"많이 죽이는 자는 많이 살리는 자만큼이나 위대한 법이지요. 그것은 귀공의 종족, 인간의 역사가 증명하지 않소이까?"

"개소리. 네놈들의 기준으로 인간을 재단하려 들지 마라."

"귀공께서 그리 명령하신다면."

적시운은 미간을 구겼다.

마음 같아선 놈들 또한 마족이니 싹 쓸어버리고만 싶었다.

하지만 플라우로스의 배신이 없었다면 길드 연합이 상당한 피해를 입었으리란 것은 명백한 사실.

놈에 대한 개인적 호불호는 차치하더라도, 놈이 도움이 됐다는 점은 무시할 수 없었다.

"인간들이 배신자를 어떻게 취급하는지는 잘 알고 있겠지?"

"배제하거나, 최소한 배척하려 들지. 자기들도 배신당할지 모른다는 공포를 이유로 말이오."

"미안하지만 나도 그런 관념에서 벗어나진 못한다는 걸 말해둬야겠군."

"정말 그렇게 생각한다면 베시오."

플라우로스가 두 팔을 벌렸다.

레드 팬서들이 주인 앞의 개처럼 몸을 수그렸다.

"판데모니엄을 배신했을 때부터 죽음은 각오했소. 내 자신과 나를 따르는 수족들의 명운은 이미 귀공에게 달린 것. 귀공의 뜻이 확고하다면 받아들이는 수밖에."

"이건 대체 뭐하자는 수작이지?"

"배신자의 각오를 보여드리는 것이오."

적시운은 얼굴을 구긴 채 플라우로스를 노려봤다.

플라우로스는 담담히 그 시선을 받아넘겼다.

결국 한숨을 내쉬는 쪽은 적시운이었다.

"악마는 악마라는 거군. 사람 마음을 현혹하는 능력 하난 진국인걸."

"악마라는 것은 결국 인간들이 만들어낸 허상에 불과하오. 귀공이 말하는 악마와 우리 사이의 공통점은 그저 혐오스러운 외관뿐이지. 그것도 인간의 기준에 불과하지만 말이오."

"어쨌든…… 일단은 전투에 합세하도록 해. 동료들에겐 내가 따로 설명하지."

"알겠소."

묵례를 해 보인 플라우로스가 레드 팬서들을 이끌고 구름 아래로 강하했다.

적시운은 운기조식하기에 적합한 자리를 찾고자 전장을 내려다봤다.

그 순간 뇌리를 스치는 섬뜩한 감각.

적시운은 반사적으로 동쪽을 바라봤다.

"설마……?"

"누구시죠?"

한국-북미 제국 간 전투가 시작되고 반나절이 흐른 시점.

집에 돌아온 적세연을 맞이한 것은 불청객이었다.

치열한 전투가 진행되고 있음에도 과천 특구를 비롯한 대부분의 도시는 평소처럼 기능하고 있었다.

안전 불감증 때문이라기보다는 불필요한 공포를 조성하지 않기 위함.

필요 이상의 공포는 자칫 도시를 무법지대로 만들 위험이 컸다.

그렇기 때문에라도 사람들은 의식적으로 평소와 같은 일상을 유지했다.

그것은 적시운의 가족들도 마찬가지.

적세연이 비상식량과 산책 다녀온 것도 그 일환이었다.

적시운에 대한 믿음이 깔려 있기에 가능한 일이기도 했다.

그리고 불청객이 찾아왔다.

적시운이 없는 집에 홀로.

"아가씨가 바로 적세연이로군."

중후하면서도 부드러운 음성.

외관상 장년에서 중년으로 넘어가는 시기로 보였으나 실제 나이는 그 이상인 듯한 사내였다.

자신을 똑바로 바라보는 시선도 맑고 깨끗한지라 적세연은 내심 놀랐다.

집 안에 널브러져 있는 경호원들을 보지 않았다면 아마도 호감을 느꼈을지도 모른다.

만약을 대비해 배치된 주작전의 무사들.

나름 정예만을 뽑은 것이었는데, 보아하니 사내 한 명을 감당하지 못한 듯했다.

"아킬레스 프레스터."

사내가 부드러운 어조로 말했다.

"그것이 내 이름이다."

"미국…… 아니, 북미 제국 사람이로군요."

"그렇다."

"오빠와도 아는 사이인가요?"

아킬레스의 눈빛이 깊어졌다.

"그랬지. 나는 적시운에게 큰 빚을 졌단다."

"북미 제국의 빚을 갚는 방식은 꽤나 특이한 모양이네요."

뼈가 담긴 말에 아킬레스는 쓴웃음을 지었다.

"이 여성들은 강하더구나. 미리 말해두지만 아무도 죽이지는 않았단다."

"그 사실에 제가 감사해야 하는 건가요?"

"이런 식으로 찾아온 점은 미안하게 생각한다. 하지만 내게도 선택의 여지가 없었다."

적세연은 안방 쪽을 힐끔 보았다.

그녀의 손끝에서 느껴지는 떨림을 감지한 비상식량이 뒤늦게 으르렁거렸다.

그것을 본 아킬레스가 실소를 머금었다.

"좋은 충견이로구나."

"멍청한 거죠. 조금 전까지 가만히 있다가 이제야 싸울 마음이 들었으니."

"내게 적의가 없다는 것을 알기 때문에 그런 것이란다. 그러다가 주인인 네 동요를 느낀 다음에야 송곳니를 드러낸 거지."

"언니랑 엄마를 어떻게 했죠?"

"두 사람이라면 방 안에 잠들어 있다. 손끝 하나 대지 않았으니 걱정하지 않아도 된다."

"지금 그 말을 믿으라는 거예요?"

"나는 거짓말을 하지 않는다."

"……그렇다면 말해봐요. 대체 뭘 어쩌려고 찾아왔죠? 우리를 인질 삼아 오빠를 해치려는 건가요?"

"내가 그러려고 했다면……."

번쩍!

베란다의 창을 깨며 섬광이 날아들었다.

와장창!

섬광에 딸려 온 폭풍이 거실을 뒤집어엎었다.

"꺄악!"

벼락처럼 몸을 날린 비상식량이 적세연을 덮쳤다.

몰아치는 파편 따위로부터 그녀를 지키려는 것.

그러나 어떠한 파편도 그녀의 근처로 날아들지 않았다.

간신히 정신을 차린 적세연의 눈에 비치는 것은 두 사람.

피투성이가 된 아킬레스와 그의 가슴을 짓밟고 있는 적시운이었다.

"오빠……!"

적시운은 대꾸하지 않았다.

적세연으로선 난생처음 보는 무시무시한 눈으로 아킬레스를 노려보고 있을 따름이었다.

"마지막으로 남길 말은?"

스산한 음성이 흘러나왔다.

평소와는 너무 다른 싸늘한 태도에 적세연은 두려움을 느꼈다.

아킬레스가 입을 벌렸다.

그러나 적시운이 가슴을 짓밟고 있는 통에 목소리가 제대로 나오질 않았다.

"할 말이 없다면."

적시운이 주먹을 들어 올렸다.

모든 준비는 끝마친 뒤.

더블 S랭크의 염동력으로 배리어를 쳐둔 만큼 텔레포트로 달아날 수도 없었다.

'여기서 확실히 끝낸다.'

능력을 보자면 펠드로스 이상으로 위험한 존재.

그렇기에 아킬레스를 살려둘 순 없었다.

어째서 그가 목표를 앞에 두고 어기적거린 것인지는 알 수 없었지만…….

'죽인다!'

적시운이 그렇게 마음먹었을 때 적세연이 급히 달려왔다.

"위험하니까 다가오지 마, 세연……."

짝!

적세연이 오빠의 따귀를 올려붙였다.

제61장
적시운

1

비록 어느 정도의 무공을 익혔다지만 적세연이 적시운을 때린다는 건 골백번 죽었다 깨어나도 불가능한 일이었다.

통증을 느끼게 하는 건 고사하고 맞히는 것조차 꿈도 못 꿀 일.

적시운이 최악의 컨디션이고 그녀가 가장 빠르며 날카로운 초식을 펼치더라도 털끝 하나 건드리지 못할 터였다.

그럼에도 적시운이 뺨을 맞은 이유는 순전히 하나였다.

설마 그녀가 그러리라고는 예상치도 못했기 때문.

적세연의 손바닥이 피부에 닿기 직전까지도 피할 여유는 넘처 났다.

하지만 결국 피하지 않기로 했다.

황당하기도 했고 얘가 대체 뭘 어쩌려는 건지 궁금하기도
했던 까닭이다.

그 결과가 이것.

뺨을 찰싹 때린 것뿐인데 적세연은 손목을 부여잡고서 주저
앉았다.

정작 따귀를 맞은 적시운은 깃털 하나가 달라붙었다 날아
가는 수준의 느낌조차 받지 못했다.

"흐으윽."

주저앉은 적세연이 앓는 소리를 냈다.

적시운은 헛웃음이 나오려는 걸 참고서 여동생에게 물었다.

"괜찮아?"

"너무 아파."

"손 이리 내밀어 봐."

적세연이 시키는 대로 했다.

힐끔 봐도 손목이 눈에 띄게 부어 있었다.

하기야 티타늄보다 강도가 높은 육체를 있는 힘껏 때렸으니
탈이 나지 않을 리 없었다.

적시운은 동생의 손목을 부드럽게 쥐고서 내공을 불어넣
었다.

체내로 스며든 천마신공의 활기가 손목의 부기를 가라앉혔다.

"이제 좀 낫지?"

"으응……."

"왜 그런 바보 같은 짓을 한 거야?"

"오빠를 말려야 했단 말이야. 말로는 안 될 것 같아서, 그래서……."

적시운의 입장에선 의외의 대답이었다.

잠깐이지만 아킬레스가 적세연을 세뇌한 게 아닌지 걱정도 되었다.

그녀의 몸속을 살펴본 바로는 그런 기미는 없었지만.

적시운은 아킬레스의 가슴에서 발을 치웠다.

어차피 이능력을 비롯한 모든 것을 제어하는 중.

아킬레스가 상황을 뒤집을 가능성은 전무했다.

"허억……."

겨우 숨통이 트인 아킬레스가 거친 숨을 몰아쉬었다.

당장은 말을 걸어도 대답조차 못 할 모양새.

적시운은 그에게서 시선을 떼지 않은 채 적세연에게 물었다.

"이 남자가 어떤 사람인지는 알고 있어?"

"약간은. 오빠한테 빚을 진 적이 있다고 했어."

"그랬었지. 그러면서도 같은 편이 되어 달라는 내 부탁은 거절했고. 그건 알고 있었어?"

적세연이 고개를 저었다.

"조금 전에 처음 만났는걸."

"이자의 능력은 순간이동이야. 아마 지구상에서 가장 뛰어난 텔레포터일 거야. 그런 얘기는 하지 않던?"

"으응, 지금 처음 들어."

"그래서 더더욱 제거해야만 해. 지금의 나로서도 텔레포트를 능가하는 이동 수단을 지니진 못했으니까. 만약 이자가 엄마나 누나, 아니면 너를 납치하려 한다면……."

"……."

"후환을 남겨둘 순 없어. 사소한 실수로 가족을 잃기는 싫어. 그렇기 때문에라도 지금 이자를 제거해야 해."

"하지만 그러지 않았는걸? 오빠가 오기 전까지 충분히 우릴 납치하거나 해코지할 시간이 있었지만, 저 사람은 그러지 않았어."

"지금 그러지 않았다고 앞으로도 그러지 않으리란 법은 없어."

"하지만……."

적세연이 풀 죽은 어조로 중얼거렸다.

"그렇게 나쁜 사람 같지는 않단 말이야."

"……."

적시운은 씁쓸히 아킬레스를 내려다봤다.

그가 악하지 않다는 건 적시운이 더 잘 알고 있었다.

그의 도움 덕에 한국으로 돌아올 수 있었다는 사실도, 그가 누구보다도 충실하며 의로운 사람이라는 것도.

'하지만……'

아킬레스는 황제에게 충성한다.

그 사실만으로도 그는 제거할 이유는 충분했다.

"나를 설득해 보십시오."

적시운이 말했다.

"지금 내가 당신을 죽이지 말아야 할 이유를 납득시켜 보십시오."

"나는……"

간신히 호흡을 진정시킨 아킬레스가 적시운을 바라봤다.

"자네를 설득할 말이 없네."

"그럼 죽기 위해 찾아온 겁니까?"

"죽음을 각오하긴 했지. 하지만 죽음을 목적으로 온 것은 아니야."

"그럼 목적이 뭡니까? 내 가족들을 해치거나 납치하는 것?"

"조금 전에도 저 아가씨가 말했지만……"

아킬레스는 적세연을 힐끔 돌아봤다.

"그러고자 마음먹었다면 이미 했을 걸세."

"……"

"기회는 얼마든지 있었네. 자네가 최전방에서 싸우고 있던 동안에도, 혹은 펠드로스를 쓰러트리던 순간에도. 내가 마음만 먹었다면 얼마든지 자네 가족들을 데려갈 수도, 해칠 수도 있었어."

적시운이 지그시 이를 악물었다.

"만약 그랬다면……"

"처절한 복수가 이어졌겠지. 알고 있네. 하지만 그걸 알기에 가만히 있었던 것은 아니야. 나는 처음부터 자네 가족을 해코지할 마음이 없었네."

"당신 생각이 중요한 게 아니잖습니까? 만약 황제가 명령을 내렸다면."

"황제에게도 그럴 마음은 없었네. 처음부터. 전혀."

확신 어린 아킬레스의 말에도 적시운은 의심을 거두지 않았다.

표정만 보고도 알 수 있을 지경.

작게 한숨을 쉰 아킬레스가 말을 이었다.

"나는 황제의 최후 통첩을 자네에게 전하러 왔네."

"내가 없던 집으로 말입니까?"

"그렇다네."

"지금 그게 말이 되는 설명이라고 생각합니까?"

"이 최후통첩은 한국이나 아시아가 아닌 적시운이란 개인을

향한 것이네. 그래서 난 이곳을 택했네. 그 누구의 방해나 간섭
도 없이 오직 자네 한 명하고만 대화할 수 있는 곳을 말이야."

"아무도 없지는 않은데요."

적세연을 본 아킬레스가 쓴웃음을 지었다.

"자네의 여동생이라면 함께 듣더라도 문제가 없을 걸세."

"대체 그 최후통첩이란 게 뭔데요?"

적세연이 질문했다.

아킬레스가 대답해도 되겠느냐는 시선을 보냈고, 잠시 고민
하던 적시운은 고개를 끄덕였다.

"그렇다면 말하겠네. 홀로 라자루시안의 황궁으로 오라. 기
다리고 있겠다."

"그게…… 전부입니까?"

"그렇다네."

최후통첩이라기엔 초라하기까지 한 내용.

지나치게 단순한 것은 둘째 치고 수상쩍기도 짝이 없었다.

"내가 놈이 하란 대로 따를 것 같습니까?"

"물론 아니겠지. 하지만 그러는 것이 모두를 위해 좋을 거라
생각하네."

"왜요. 또 마수 수천만 마리를 풀어서 총공격이라도 하겠답
니까?"

"그 이상."

아킬레스의 얼굴에 암울한 그림자가 깔렸다.

"이 요구를 어길 시엔 지구 전역에 매장되어 있는 핵병기에 격발 코드가 떨어질 것이네."

내내 평정을 유지하던 적시운이 처음으로 움찔했다.

당황한 것은 적세연도 마찬가지.

흔들리는 남매의 시선을 느끼며 아킬레스는 차분한 어조로 말을 이어 갔다.

"고문에 들어갈 무의미한 시간 낭비를 방지하고자 미리 털 어놓자면, 매설된 핵병기의 숫자나 위치는 나조차도 알지 못 하네."

"⋯⋯!"

"아마 제국의 그 누구도 알지 못할 걸세. 그것들을 매설한 당사자를 제외한다면 말이지."

"지금 그 어처구니없는 협박을 믿으라는 겁니까?"

"믿고 말고는 자네의 자유일세. 지금의 자네라면 황제에 대 해 나보다도 잘 알고 있을 터. 그런 만큼 이 말의 진위 여부도 나보다 잘 판단할 거라고 생각하네."

아킬레스의 말대로였다.

김은혜 정도를 제외한다면 황제에 대해 가장 잘 아는 사람 은 적시운일 것이었다.

하지만 그것이 황제를 이해한다는 의미는 되지 않았다.

황제의 정체에 대해선 알고 있었지만, 정작 적시운은 황제의 성향이나 가치관에 대해선 조금도 이해하지 못했다.

다른 세계의 천마를 안다는 것과 이쪽 세계의 천마를 안다는 것은 전혀 다른 문제였기에.

"제한 시간은 3일 후일세."

아킬레스가 말을 이었다.

"그때까지 황제 앞에 모습을 드러내지 않는다면 세상이 방사능의 불길에 휩싸일 걸세."

"……"

"내가 전할 말은 이게 전부일세. 끝장을 내려거든 마음대로 하게."

아킬레스는 홀가분하다는 태도로 두 눈을 지그시 감았다.

일견 체념한 것 같기까지 한 태도였다.

"황제에 대해 어디까지 알게 된 겁니까?"

"나는 그를 보았네."

아킬레스가 담담히 대꾸했다.

"그렇다고 해서 모든 걸 이해하게 됐다는 건 아닐세. 오히려 나로서는 알지도 못하고 이해하지도 못하는 게 대부분이야. 하지만 이것만은 확신하네. 모든 것을 끝맺는 건 자네와 황제, 두 사람이 할 일이라는 것."

"……"

"자네는 라자루시안으로 가서 황제를 대면해야 하네. 그게 내가 내린 결론일세."

적시운은 이를 악물었다.

한 발짝 뒤에서 모든 대화를 듣고 있던 천마가 신중히 운을 뗐다.

[평소의 본좌라면 지금 당장 그놈과 결착을 내자고 했을 것이네. 하지만……]

'하지만, 뭔데?'

[이번만큼은 아닐세. 그놈이 정말 또 다른 형태의 본좌라면…… 신중하게 행동해야 하네.]

'……'

적시운은 안과 밖으로 침묵했다.

아킬레스는 그 침묵의 의미를 너무나 잘 이해했다.

"보아하니 지금 당장 황제를 만날 생각은 없는 모양이군. 그렇다면 이제 나를 처분할 차례로군. 어떻게 할 텐가?"

"당신을 놓아준다면……."

가족들에게 손대지 않을 거냐고 물으려던 적시운은 입을 다물었다.

그것이 무의미한 가정임을 잘 알기 때문이었다.

몇 마디의 언약 따위는 바람 앞의 촛불 같은 것.

자그만 파장에도 너무나 쉽게 꺼뜨려지게 마련이었다.

'게다가……'

아킬레스도 황제도 적시운의 가족들을 건드리려 하진 않을 것이다.

그런 확신이 강하게 들었다.

마치 운명의 인도처럼.

스르륵.

적시운은 주변에 펼쳐져 있던 염동력 배리어를 해제했다.

아킬레스는 구속복처럼 몸을 옥죄던 압박감이 사라지는 것을 느꼈다.

"이능력마저도 나를 뛰어넘었군. 하긴 자네라면 당연한 일인지도 모르겠어."

"……"

"황제에 대해선 묻지 않는 건가? 그의 정체가 무엇인지, 품고 있는 생각과 계획이 무엇인지 말이야."

"내 두 눈으로 직접 확인할 겁니다."

적시운은 담담히 대답했다.

아킬레스도 그럴 줄 알았다는 듯 고개를 끄덕였다.

"가십시오."

적시운은 말했다.

"가서 전하십시오. 사흘이 지나기 전에 황제를 찾아갈 거라고. 그리고 이 모든 악연에 종지부를 찍을 거라고."

마수와 인간, 마족과 이차원, 증오와 음모.

그 모든 것에 마침표를 찍을 때가 왔다.

"적시운이 라자루스 1세의 몽상을 부숴 버릴 거라고. 천마 사냥꾼이 천마를 사냥하러 갈 거라고. 그렇게 전하십시오."

"……."

"가십시오."

무언가를 말하고자 입술을 달싹이던 아킬레스가 결국 입을 다물었다.

더 이상의 말은 무의미하다는 것을 깨달았기 때문이다.

심지에는 이미 불이 붙었다.

남은 것은 카운트다운뿐.

불길이 뇌관에 닿아 폭발을 일으킬지 혹은 그 전에 소멸할지.

세상의 명운을 결정할 사람은 적시운과 황제였다.

"두 명의 ……인가."

낮게 중얼거린 아킬레스가 몸을 돌렸다.

"자네는 내 평생의 숙원을 풀어주었지. 한시도 그에 대한 감사를 잊은 적이 없네. 이것만은 모든 것을 걸고 맹세할 수 있어."

"……."

"황제를 만난 자네가 승리하기를 온 마음을 다해 기원하겠네."

아킬레스는 그 말을 남긴 채 텔레포트로 떠나갔다.

조심스럽게 다가온 적세연이 꽉 쥐어진 오빠의 주먹을 두 손으로 감싸 쥐었다.

2

적시운이 갑작스레 전장을 이탈했을 때 헨리에타는 심장이 덜컥하는 기분이었다.

길드 연합이 대반격을 펼칠 수 있었던 건 적시운의 존재 덕분.

1만 배에 가까운 물량 차이를 극복한 것도, 마수 진영에 혼란을 초래한 것도 모두 그가 배후에서 마수들을 유린해 준 덕분이었다.

그런 그가 빠졌다는 것은 위험 신호.

여전히 머릿수의 차이는 압도적이었다.

자칫 마수들이 혼란에서 벗어날 경우엔 역으로 쓸려 나갈 가능성이 있었다.

하지만 다행히도 그런 일은 일어나지 않았다.

마수들이 썰물처럼 퇴각하기 시작한 것이다.

반나절 간 지속된 전투의 끝.

족히 천만 단위의 개체가 죽어 나갔다.

적시운과 길드 연합에게 사냥당한 경우가 대부분이었지만 혼란 속에서 같은 마수에게 짓밟히거나 공격당해 죽은 숫자도 어마어마했다.

-추격 섬멸에 들어가겠습니다. 각 길드장들은 여력이 남아 있는 전투원을 차출해 보고하십시오. 나머지는 재정비 후에 휴식합니다. 10분 후에 출발할 예정이니 그때까지 보고 완료해 주십시오.

임성욱으로부터 메시지가 전달됐다.

확인하기 무섭게 밀리아가 다가와 어깨에 손을 얹었다.

"가자, 헨리에타. 저 망할 놈들을 하나라도 더 해치워야지?"

"너희는 임 의원장을 따라가도록 해."

"넌 가지 않으려고?"

"응, 적시운을 찾아봐야겠어."

"뭐하러?"

헨리에타가 돌아보니 밀리아는 이해할 수 없다는 얼굴이었다.

"어디서 잠깐 쉬고 계실 텐데, 뭘. 아까도 봤잖아. 힘이 철철 넘치시던데."

"그리고 갑자기 사라졌지. 뭔가 이상해. 단순히 운기조식 때문이었던 것 같지는 않아."

"그럼 대체……."

두 사람의 대화가 중단됐다.

이질적인 기운이 다가오는 게 느껴졌던 것이다.

'저쪽!'

헨리에타가 벼락처럼 허공을 겨냥했다.

시력만큼은 적시운에게도 밀리지 않는 밀리아 역시 접근하는 존재를 두 눈으로 포착했다.

"마족이야. 시키면 고양이 대가리. 그대로 쏴버려, 헨리에타."

밀리아가 종용했지만 헨리에타는 방아쇠를 당기지 않았다.

"유효 범위에는 한참 전에 들어오지 않았어?"

"그랬지. 하지만……"

헨리에타는 가우스 라이플의 총구를 내렸다.

"저자에게선 살기가 느껴지지 않아."

"그게 뭐 어떻다고? 살기를 숨길 줄 아는 마족일지도 모르잖아."

"어딘지 익숙한 기운이란 생각이 들지 않아, 밀리아?"

밀리아가 머리가 아프다는 듯 얼굴을 찡그렸다.

"잘 모르겠는데."

"아까 샌드웜들이 튀어나왔을 때, 사실 상공에서도 협공이 펼쳐질 예정이었어. 맨 처음에 공격해 왔던 비행형 마수들 기억나지? 놈들이 재정비하고 돌격해 올 채비를 마쳤었어."

"어…… 하지만 날아다니는 놈들은 결국 나타나지 않았잖아."

"그랬지. 누군가가 기습해서 섬멸시켰거든."

"시운 님 아냐?"

헨리에타는 고개를 가로저었다.

"적시운이 도착하기 전의 일이었어. 느껴지는 기운도 전혀 달랐고. 무엇보다 적시운이 그랬다면 보다 화려한 불꽃놀이가 하늘에서 펼쳐졌겠지."

"그렇다면……."

헨리에타는 다가오는 마족을 턱짓으로 가리켰다.

"내 감각에 문제가 없다면, 그때 느낀 기운이 저자의 것과 같았어."

"잠깐만. 그럼 마족끼리 서로를 배신했다는 거야?"

"그건 곧 알 수 있겠지."

헨리에타가 목소리를 살짝 높였다.

"그렇지 않아?"

흑표의 머리를 한 마족이 두 사람 앞에 내려섰다.

여전히 마음을 놓지 못한 밀리아가 클레이모어를 뽑아 들었다.

"인간들의 능력을 종합한 결과 너희가 리더이거나 그에 걸맞은 위치인 것 같더군."

생각보다도 매끄러운 발음에 밀리아가 멍하니 입을 벌렸다.

"고양이 대가리가 말도 하네?"

"발성 언어는 너희들만의 것이 아니다, 인간 암컷."

"뭐가 어째? 고양이 주제에 어려운 말 지껄이지 마!"

성을 내는 밀리아를 물끄러미 바라보던 마족이 헨리에타에게 물었다.

"이 암컷은 원래 이렇게 지성이 뒤떨어진 편인가?"

"……조금?"

"헨리에타!"

"미안, 밀리아. 어쨌든 대검은 거두도록 해. 보아하니 우리와 싸우러 온 건 아닌 것 같아."

"그걸 어떻게 믿어?"

"이곳은 우리 진영 한복판이잖아. 여기서 싸우려 들었다가 어떻게 될지는 본인이 더 잘 알걸."

흑표 머리 마족이 혀를 찼다.

"나, 플라우로스는 너희를 두려워하지 않는다. 하지만 너희와 싸우고자 온 것 역시 아니다. 보아하니 그분께서 너희에게 언질을 주시지 않은 듯하군."

"그분?"

"적시운, 너희들의 천마."

헨리에타는 고개를 끄덕였다.

"적시운에게선 아무 얘기도 듣지 못했어."

"급한 일이 생긴 모양이더군. 말 한마디 없이 전장을 이탈하신 걸 보니."

"어, 그러고 보니."

쿵쿵거리며 냄새를 맡은 밀리아가 말했다.

"이 고양이한테서 시운 님 냄새가 나."

"……하긴 넌 예전부터 냄새 하나는 기가 막히게 잘 맡았지."

"버서커는 모든 감각이 보통 인간의 수십 배거든."

가만히 밀리아를 쳐다보던 플라우로스가 한마디를 툭 내뱉었다.

"꼭 개 같군."

"이 빌어먹을 고양이 대가리가!"

"칭찬의 의미인데 왜 화를 내는 거지?"

"칭찬? 그게 칭찬이라고? 칭찬의 의미로 토막 좀 나볼래?"

길길이 날뛰는 밀리아를 헨리에타가 뜯어말렸다.

플라우로스는 그런 두 사람을 관찰하듯 바라봤다.

워낙 그 시선이 진지한지라 헨리에타의 얼굴이 절로 빨개졌다.

"인간 망신 다 시킬래?"

"내가 뭘 어쨌다고 그래?"

"하여간 가만히 좀 있어봐. 적어도 대화는 해봐야 할 것 아냐."

"조금 전까지 저 녀석의 동족을 수도 없이 학살했는데, 녀석이 우리한테 호감을 품기라도 할 것 같아?"

"그 학살엔 나도 동참했지."

플라우로스의 말에 밀리아가 흠칫했다.

"그리고 우리 마족에겐 너희가 생각하는 동족의 개념 같은 것은 딱히 없다. 그런 개념이 있더라도 대부분 지구로부터 후천적으로 도입된 것이고."

"우리를 관찰함으로써 말이야?"

"그래, 너희 인간은 무척이나 모순적인 존재더군. 덕분에 지켜보는 재미는 있지만."

"으, 기분 나빠."

양팔을 껴안은 밀리아가 중얼거렸다.

"말도 하고 걸어 다니기도 하는 검은 고양이라니. 재수 없는 요소만 다 모인 거잖아?"

"그런 우스운 미신에 집착하는 것도 너희들의 특징이더군. 특히나 지성이 뒤떨어지는 개체들의."

"이게 진짜!"

"그만. 당신도 밀리아를 더 자극하지 말아줬으면 해."

"그러지."

선선히 대꾸하는 플라우로스.

반면 밀리아는 입을 비죽 내밀었다.

"너무해, 헨리에타. 처음 보는 마족 편만 계속 들고."

"적의 적은 동지라는 말도 있잖아. 일단은 같은 편이니 티격태격하진 말아야지."

"그거 알아? 그런 말 나오는 영화나 이야기에선 대부분 등에 칼 맞고 끝난다는 거?"

헨리에타는 품 하고 웃어버렸다.

밀리아는 여전히 토라진 표정이었지만 플라우로스에게 더 으르렁거리진 않았다.

추격 섬멸은 밤을 넘길 때까지 계속되었다.

끝없이 달아나는 마수들. 집요하게 그 뒤를 쫓아가는 길드 연합.

족히 수십만 마리의 마수들이 사냥당했다.

물론 그 대부분은 하급 개체들.

느리고 약한 탓에 뒤처진 것들인지라 큰 영양가는 없었다.

게다가 워낙 사방팔방으로 퍼져 버린 탓에 전부 쫓아가 섬멸한다는 것은 사실상 불가능했다.

결국 지리적으로 중요한 지역으로 달아난 것들을 집중적으로 추격하기로 가닥을 잡았다.

핵심 회의가 열린 것은 이튿날 아침.

남부 전투를 승리로 이끈 한국군 1군단이 북상하여 합류했다.

그들에게 투항한 제국의 트리즌 버스터 1사단도 함께였다.

추격에 나섰던 수뇌부 역시 귀환했다.

권창수를 비롯한 한국 정부 측은 통신을 이용해 회의에 참여했다.

그리고 마지막으로 적시운이 도착했다.

"권 의원이었다면……."

적시운이 나직이 운을 뗐다.

"서전을 승리로 이끈 여러분을 치하하고 격려했겠지. 그런 다음엔 아직 전쟁이 끝나지 않았다는 걸 상기시키고서 긴장의 끝을 놓지 말라고 말했을 거야."

"시운 님이라면요?"

"모두에게 들려줘야만 하는 얘기를 할 거야, 밀리아."

적시운이 가만히 심호흡을 했다.

분위기가 묘하다는 것을 느낀 사람들이 소리를 죽였다.

"어디서부터 시작해야 할지 모르겠지만……."

적시운은 담담한 어조로 설명을 시작했다.

자신이 직접 경험한 것들, 천마와의 조우로부터 시작된 기나긴 이야기를.

신북경 연구소에서의 시간 역행 실험.

거기서 시작된 이야기는 어제, 아킬레스가 전달한 황제의 최후통첩으로 끝을 맺었다.

"그리고 난 내일 황제를 찾아갈 생각이야. 북미 제국의 황성, 아마도 거기서 모든 것을 끝맺게 되겠지."

목소리를 뒤따르는 무거운 침묵.

쉽사리 믿기 어려운 이야기인 까닭에 사람들은 당혹감마저 느끼고 있었다.

"아마도 내일 기나긴 전쟁의 종지부를 찍게 될 거야. 황제가 이긴다면 세상의 마수들이 손아귀에 떨어지겠지. 내가 이긴다면 마수들을 몰아낼 수 있을 테고."

"……."

"내 이야기는 이게 전부야. 좀 무책임하게 들릴지도 모르겠지만 그다음은 생각해 두지 않았어. 만약 내가 황제에게 패하거나 죽는다면 다음 일은 여러분이 알아서 하도록 해. 죽어버린 내가 할 수 있는 일은 없을 테니."

적시운은 고개를 들어 막사 안을 돌아봤다.

의아함과 당혹감, 그 외의 여러 감정이 뒤섞인 시선들.

하나같이 적시운에게 답을 요구하고 있었지만 적시운은 그중 어느 것에도 대답할 마음이 없었다.

"할 말 다 했으니 난 이만 가 보겠어. 다음은 여러분이 알아서 하도록 해."

"잠깐 기다리게!"

김성렬이 벌떡 일어났다.

"무책임하게 자네 할 말만 하고서 떠나겠다는 건가?"

"예, 김 장관님. 바로 그겁니다."

홀가분하기까지 한 대답에 김성렬이 입을 다물었다.

기실 그를 포함한 그 누구도 적시운에게 무책임하다고 말할 수는 없었다.

김성렬도 그걸 잘 알았지만 누군가는 총대를 멜 필요가 있는 일이었다.

결과는 딱히 신통치 않았지만.

"어디로 가시려는데요, 선배?"

차수정의 질문에 적시운은 쓴웃음을 지었다.

"어쩌면 내 인생 마지막이 될지도 모르는 하루니까 요령껏 보람차게 보내야지. 잘될지는 모르겠지만."

"그럼 저도 같이 가요!"

밀리아가 자리를 박차고 일어섰다.

한 손으로는 헨리에타를 붙든 채.

당황한 얼굴이었지만 헨리에타 역시 그녀를 뿌리치진 않았다.

차수정과 엘레노아, 그 외의 몇몇이 질 수 없다는 듯 몸을 일으켰다.

그 우악스러운 기세에 적시운은 슬그머니 막사 밖으로 몸을 날렸다.

"쫓아!"

헨리에타가 소리쳤다.

막사 내의 과반수가 우르르 밖으로 달렸다.

"사라졌어요!"

"어차피 갈 곳은 한 곳뿐이야."

"과천 특구! 세연이네 집!"

"비행선 가져와요. 가장 빠른 것으로!"

"에잇! 그냥 달려가지, 뭐. 꼭 잡아, 헨리에타!"

막사 바깥에서 일대 소란이 일었다.

막사 안에 남은 이들은 서로를 바라보며 쓴웃음을 지었다.

"이젠 나도 모르겠군."

모자를 벗은 김성렬이 땀에 젖은 이마를 쓸었다.

"될 대로 되라는 심정일세. 그 친구 말마따나 망하거나 이기
거나 둘 중 하나겠군."

"김 장관님. 적시운 님은 아마도……."

"나도 적시운의 배려가 뭔지는 알고 있다오, 임 의원장."

엄격한 어조로 대꾸한 김성렬이 혀를 찼다.

"그냥 이기고 오겠다고 말하면 될 것을. 저 친구도 은근히
소심한 구석이 있단 말이지."

3

집에 돌아오니 구수한 찌개 냄새가 현관에서부터 코를 찔렀다.

마침 출출하던 차.

웃으며 한마디 하려던 적시운은 이윽고 멈칫했다.

거실 가득 진수성찬이 펼쳐져 있었던 것이다.

"암만 나라도 이건 다 못 먹는데."

"오빠 먹으라고 차린 거 아니네요."

그릇을 옮기며 적세연이 대꾸했다.

적시운은 앞치마와 위생모로 중무장한 여동생을 물끄러미 바라봤다.

"그러면?"

"손님들 맞아야지."

적수린이 부엌에서 얼굴을 내밀었다.

적시운의 당황 섞인 시선이 그녀에게로 향했다.

"손님이라니. 오늘 누구 오기로 했어?"

"세연이가 그러던데? 승전 기념으로 너랑 친한 사람들만 모아서 대접하기로 했다고."

"……."

적시운이 여동생을 돌아봤다.

적세연은 혀를 쏙 내밀고는 도망치듯 부엌으로 들어갔다.

"저기, 누나."

"미리미리 좀 말해두지 그랬어? 괜찮은 재료들 세일할 때 좀 사두었을 텐데."

"우리가 세일 따져 가며 물건 살 만큼 쪼들리진 않잖아?"

"그렇다고 아무 때나 과소비해서 쓰겠어? 좀 잘나간다고 펑펑 낭비하면 남들이 욕해."

묘하게 현실적인 누나의 지적에 적시운은 쓴웃음을 지었다.

"내가 좀 펑펑 써댄다고 욕할 사람은 없을 것 같은데."

"그렇다고 낭비하며 살 필요는 없는 거잖아. 굳이 그러지 않아도 되는데. 하여간 너는 좀 쉬어. 상 차리는 건 나랑 세연이 둘이서만 해도 돼."

적시운은 내심 혀를 찼다.

밀리아를 비롯한 스토커들이 들이닥치리라는 건 기정사실.

때문에 원래대로라면 가족들을 데리고 달아났어야 했다.

마지막이 될지도 모르는 하루만큼은 오붓하게 지내고 싶었던 것이다.

하지만 상황이 이렇게 되어서야 말짱 헛일이었다.

이제 와서 튀자고 해봤자 어느 누구도 들어먹지 않을 테니.

"이런 것도 좋잖아, 오빠?"

적세연이 큼직한 삼계탕 그릇을 가지고 다가왔다.

적시운은 염동력으로 들어줄까 생각했으나 이내 관두었다.

어린애 취급한다고 화낼 게 뻔했기에.

"우리끼리 보내는 것도 나쁘진 않지만, 그래도 좀 떠들썩하고 화기애애한 게 좋잖아. 그래서 내가 수를 좀 냈어."

"이 오빠랑 한마디 상의도 없이 말이지."

"상의했으면 오빠는 무조건 반대했을 거잖아."

"……그렇기는 하지."

"그래서 몰래 진행했지롱. 오빠랑 친한 사람들, 지금 여기로 달려오고 있겠지? 김무원 부장님이랑 다른 분들도 미리 불러뒀어."

"권창수 의원도?"

적세연이 움찔했다.

날카로운 시선으로 이를 캐치한 적시운이 고개를 끄덕였다.

"역시 그게 목적이었구만?"

"아, 아니야. 다 오빠를 위해서 한 일이라고."

"그럼 권창수 의원은 왜 불렀는데? 별로 친하지도 않은데."

"파, 파트너잖아! 권 의원님이랑은 서로 돕고 돕는 관계 아냐?"

"엄밀히 말하면 내 쪽이 거의 일방적으로 도와준 사이지. 하지만 뭐, 네가 원한다면야……."

"오빠를."

적세연이 탕 소리가 나게 그릇을 내려놓았다.

삼계탕 국물이 적시운의 얼굴 쪽으로 살짝 튀었다.

"위해서 부른 거야."

"응."

적시운은 그만 놀려야겠다고 생각하며 웃었다.

살짝 토라진 적세연이 흥 하고 콧소리를 내는 찰나, 초인종이 울렸다.

"낭군님이 오셨군."

적시운을 확 째려본 적세연이 현관으로 향했다.

잠시 후 고급 술병을 든 권창수가 안으로 들어섰다.

심상찮은 적세연의 표정을 본 모양인지 어리둥절한 얼굴이었다.

"저, 무슨 일이라도 있었습니까?"

"별일 없었습니다. 앉으시죠."

"예, 그럼……"

자리에 앉은 권창수가 술병을 꺼내놓았다.

"구하기 힘든 걸로 가져왔는데, 마음에 드실지 모르겠습니다."

"비싼 걸 텐데 비싼 값을 하겠죠. 그리고 선물 같은 건 너무 신경 쓰지 않아도 됩니다. 애초에 받아야 할 사람도 내가 아니니."

"예?"

적세연이 권창수의 등 뒤에서 허둥거렸다.

입술에 손가락을 얹거나 목을 긋는 시늉을 하는데, 새빨간 얼굴이 터질 것만 같았다.

피식 웃은 적시운은 권창수에게 말했다.

"어쨌든 잘 마시겠습니다."

"예? 아, 예."

조금 더 기다리니 김무원이 백현준과 박수동을 대동하고서 찾아왔다.

김은혜와 세실리아도 얼마 지나지 않아 집을 찾아왔다.

그리고 몇 분가량이 더 지났을 때, 비행선 한 척이 굉음을 내며 근방에 착륙했다.

"시운 선배!"

잔뜩 화난 얼굴로 들어서던 차수정이 움찔했다.

앉아 있는 김무원과 권창수를 발견한 까닭이다.

"죄, 죄송합니다. 두 분이 계신 줄 모르고 언성을……"

"넌 나한테는 죄송하지 않은 거냐?"

"제가 왜 선배한테 죄송해해야 하는 거죠?"

"시운 님!"

날카롭게 쏘아붙이는 차수정을 밀치며 엘레노아와 다른 이들이 들어왔다.

그 면면을 살피던 적시운은 의외라는 표정을 지었다.

"너도 왔어?"

"그렇다."

딱딱하게 대꾸한 그렉이 덧붙였다.

"나디리 비행선을 조종하라더군."

"역시……."

"뭐, 나로서도 나쁠 것은 없다. 어쨌든 너하고는 어지간히 얽힌 인연도 아니니."

"그건 그렇지. 한데 밀리아랑 헨리에타는?"

"아직 도착하지 않았나? 분명 우리보다 먼저 출발했는데."

"뭘 타고?"

"도보. 밀리아가 헨리에타를 업고 갔다."

"……."

"뭐, 기다리면 알아서들 찾아오겠지."

그렉의 말대로 두 사람도 곧이어 도착했다.

피로에 잔뜩 찌든 모습들.

맨몸으로 중국 대륙을 횡단했으니 그럴 만도 했다.

"중간에 길을 잘못 들었어."

"잘못 들었다고요?"

"저 바보가 방향을 헷갈렸지 뭐야. 만년설이 쌓인 산맥이 나올 때까지 갔다가 되돌아왔어."

"만년설이 쌓인 산맥이라면……."

적세연이 멍하니 입을 벌렸다.

적시운은 터져 나오는 웃음을 애써 참으며 말했다.

"히말라야네."

"……정말 거기까지 갔다 오신 거예요?"

"그렇다니까. 말리지 않았으면 산맥 너머까지 갔을 거야."

헨리에타가 진절머리 난다는 얼굴로 중얼거렸다.

밀리아는 입이 열 개라도 할 말이 없다는 듯 고개를 푹 숙이고 있었다.

일련의 소동이 마무리되고 식사가 시작되었다.

아마도 처음이자, 어쩌면 마지막이 될 만찬.

푸짐하게 음식을 준비해놓은 정성 때문인지는 몰라도 다들 얌전히 식사를 했다.

우악스레 뒤쫓아 온 것을 생각하면 의외.

난장판이 되지나 않을까 걱정했던 적시운으로서는 뻘쭘하기까지 한 일이었다.

'그렇게들 난리를 칠 때는 언제고.'

[왜, 울고-불고하면서 매달리지 않으니 섭섭한가?]

'그런 건 아니지만……'

[뭐, 저것도 다 나름대로 자네와 가족들을 배려한 행동이 아니겠나. 좋게 생각하게.]

적시운은 피식 웃었다.

'의외인데. 당신이 그런 말도 다 하고.'

[자네 생각대로 이게 정말 마지막 만찬일 수도 있잖나.]

'……이제야 좀 당신답군.'

[본좌는 거짓말 같은 건 할 줄 모르네. 제국의 황제가 정녕 이쪽 세계의 본좌라면, 아무런 준비도 없이 자네를 부르진 않았을 걸세.]

'그렇겠지.'

적시운이 황제의 입장이더라도 만반의 준비를 갖췄을 터.

게다가 황제에겐 수 세기에 걸친 압도적인 준비 기간이 있었다.

그렇다 하여 지레 겁먹어서도 안 될 일이지만, 낙승을 장담하는 건 더더욱 말이 안 될 일이었다.

'뭐, 나로서도 최선을 다했으니까. 천마신공에 있어서도 이 능력에 있어서도 할 수 있는 건 다 했어. 이러고도 안 된다면 정말 어쩔 수 없는 거겠지.'

[음…….]

미세한 침음만을 흘리는 천마.

적시운과 함께한 시간은 대략 1년 남짓한 기간에 불과했지만, 그 경험의 농도는 수십 년 이상이라 해도 과언이 아니었다.

적시운의 노력과 집념에 대해선 누구보다도 잘 알고 있는 천마였다.

그렇기에 저런 말을 하더라도 나무라거나 훈계할 수가 없었다.

이렇게까지 하고도 안 된다면 정말 어쩔 수 없다.

그 사실에 공감하고 있었기에.

식사가 끝나고 가벼운 사담이 이어졌다.

북미 제국이나 황제에 대해 언급하는 사람은 없었다.

세상의 운명이라거나 한반도의 내일 같은 거창한 이야기를 꺼내는 이도 없었다.

오가는 것은 별 의미 없는 농담과 안부를 묻는 이야기들.

특별할 것 없지만 그렇기에 이들에겐 더더욱 특별할 내용들이었다.

"디저트로 나온 아이스크림 되게 맛있더라. 어디서 산 거야?"

"집 근처에 수제 아이스크림 가게가 있어요. 괜찮으시면 다음에 같이 가요, 밀리아 언니."

"정말이지? 약속한 거다?"

"조심해, 세연아. 자칫하면 난생처음 보는 눈 덮인 산 정상으로 끌려가는 수가 있어."

"헨리에타!"

간간이 터져 나오는 웃음과 들뜬 목소리들.

딱히 적시운의 눈치를 보지 않는 대화였기에 오히려 고마웠다.

여기까지 와서 눈치를 봐가며 얘기를 했다면 더 거북했을 테니.

적시운은 적당히 이야기를 나누다가 베란다로 빠져나왔다.

차수정과 헨리에타, 엘레노아가 서로 눈치를 보는 게 느껴졌다.

하지만 서로에 대한 견제 때문인지 아무도 밖으로 따라 나오지 않았다.

그러는 사이에 김은혜가 베란다 문을 열고 나왔다.

세 여인이 소리 없이 탄식했지만 이미 늦은 뒤였다.

"세 사람한테 미움받겠네요. 늙은 할머니가 시운 님을 빼앗아 갔다고요."

적시운은 피식 웃었다.

마주 웃은 김은혜가 천천히 걸어와 곁에 섰다.

"내일 가시는 건가요?"

"웅, 아침 일찍 출발할 생각이야."

"가족분들은 모두 알고 있고요?"

"누나랑 동생. 어머니한테는 차마 말하지 못했어. 내가 돌아오지 못한다면 그 두 사람이 잘 얘기해 드리겠지."

정말 그럴까.

말을 내뱉는 적시운조차도 자신의 말을 믿지 않았다.

하지만 당장으로선 이게 최선.

이 이상의 무언가를 떠올릴 자신이 없었다.

그걸 알기에 김은혜도 별말을 하지 않았다.

그저 안쓰러움과 미안함이 뒤섞인 시선으로 적시운을 바라볼 따름.

"만약 그를, 천마를 만나게 된다면."

그녀는 적시운을 마주 보지 못한 채 운을 뗐다.

"반드시 목숨을 거두어주세요."

"……그러지."

한때는 자신의 반려였던 자를 죽여 달라는 말.

그 말에 담긴 무게와 부담의 크기를 알면서도 그녀는 적시운에게 부탁을 한 것이었다.

이튿날.

새벽녘의 어스름 속에 적시운은 서 있었다.

집 밖의 공터.

거의 모든 손님이 돌아갔고 나머지는 잠들어 있었다.

몇몇은 깨어 있었으나 따라서 나온 사람은 없었다.

사람을 제외하면 한 마리가 있기는 했다.

늘어지게 하품을 하던 비상식량이 쫑긋 귀를 세웠다.

자욱이 깔린 안개 너머에서 익숙한 인물이 다가왔다.

"약속한 날일세."

아킬레스 프레스터는 차분한 표정이었다.

"마중을 나왔네만 좀 더 있다가 오더라도 상관은 없네. 혼자 가겠다면 그 의사도 존중하지."

"아뇨, 됐습니다. 바로 가죠."

"친지들과 인사를 나눌 시간을 줄 수도 있네만."

"이미 마쳤습니다."

"알겠네. 그렇다면……"

아킬레스가 손을 내밀었다.

적시운은 손을 마주 잡았다.

비상식량이 바라보는 가운데 텔레포트가 이루어졌다.

다음 순간 두 사람은 지구 반대편, 북미 제국의 수도에 서 있었다.

4시간 후.

지구상에 존재하는 차원 게이트가 모두 개방되었다.

4

"떠났어요?"

"떠났어."

창밖을 바라보던 밀리아가 대꾸했다.

차수정은 한숨을 내쉬었고 헨리에타는 주섬주섬 옷가지를 챙겼다.

"설마 쫓아가려고?"

"무슨 바보 같은 소리를 하는 거야. 부대로 복귀해야지."

"좀 더 쉰 다음에 가면 안 돼? 세연이랑 아이스크림 먹으러 가기로 했는데."

"……너 속 편한 건 정말 못 말리겠다."

"밀리아 씨와 같은 취급 받긴 싫지만, 저도 벌써부터 서두를 필요는 없다고 보는데요."

"수정 씨도 안이하군요."

"제가 뭔가 놓친 거라도 있나요?"

웃옷을 걸친 헨리에타가 한숨을 쉬었다.

"지금까지의 행적과 정황으로 유추하건대, 조만간 제국 측이 무언가를 벌이려 들 거예요. 마수들을 움직이든 또 다른 병력을 보내오든."

"하지만…… 시운 선배를 부른 게……."

"그게 양동일 가능성을 생각해야죠. 적시운의 부재야말로 북미 제국과 황제가 가장 바라는 상황일 텐데요."

그제야 차수정과 밀리아의 표정도 심각해졌다.

옷을 차려입은 헨리에타가 현관으로 향했다.

반대편에서 철문을 박박 긁는 소리가 들려왔다.

문을 여니 비상식량이 새침하게 안으로 걸어 들어왔다.

"지금 태평하다는 건 이 녀석이랑 동급이란 소리야."

"……."

차수정은 얼굴을 붉혔고 밀리아는 입맛을 다셨다.

두 사람이 황급히 옷을 입는 동안 헨리에타는 중국 대륙에 대기 중인 임성욱과 통신을 나눴다.

"그쪽 상황은 어때요? 물러난 마수들 쪽에서 뭔가 움직임은 없었나요?"

-무인 드론을 풀어 관측 중입니다만 아직까진 별다른 반응이 없습니다. 한국은 어떻습니까?

한국이라 말하긴 했지만 정말 궁금한 것은 적시운 얘기일 터.

헨리에타는 간략하게 어제와 오늘 일을 설명했다.

"그래서 저희도 복귀하려고 해요. 북미 제국 측이 적시운의 부재를 가만히 둘 리는 없다고 생각하거든요."

-확실히 그렇군요. 적시운 님도 그것까진 예측하지 못한 걸까요?

"그렇다기보다는, 우리를 믿어서 뒤를 맡겼다고 생각하고 싶어요."

-하긴 그쪽이 더 낫긴 하군요.

"나머지 얘기는 귀환한 후에 하죠. 곧바로 출발하겠어요."

-아뇨. 여러분은 한국에 남아 계시는 편이 나을 것 같습니다.

"이곳에 말인가요?"

-헨리에타 님이 추측한 대로라면 제국 측이 노릴 곳은 중국보다는 한국이지 않을까 싶어서요.

임성욱의 지적에 헨리에타는 주춤했다.

"확실히 그건 그렇네요."

어느새 다가온 차수정이 대화에 끼었다.

"일본에 상륙했던 병력도 그렇고, 생각해 보면 제국의 작전은 한반도를 주목표로 두고서 진행되었어요. 그렇다면……."

-적시운 님이 사라진 지금은 보다 적극적이고 노골적인 공세를 펼칠 가능성이 높다는 것이겠지요.

세 사람의 시선이 교차했다.

-두 분은 한국에서 대기해 주십시오. 저 역시 재정비를 마친 다음 한국으로 향하겠습니다.

"알겠어요."

헨리에타는 대화 내용을 다른 이들에게도 전달했다.

다들 임성욱이 예견한 바에 동의했으며 한국에서 대기하는

데 뜻을 모았다.

나머지는 상황의 추이를 지켜보는 것뿐.

긴장감 속에서 시간은 흘러가고 있었다.

에메랄드 시타델이 초토화되었으나 그 거주민이 완전히 몰살당한 것은 아니었다.

클라리스와 올리버의 빠른 조치 덕택에 상당수의 시민이 사전에 대피할 수 있었다.

기록된 것보다 인구수가 적다는 게 눈에 띌 수밖에 없는 상황.

그러나 아몬은 이를 묵고하고 넘겨 버렸다.

임무 자체에 대한 불만이 탈주자들의 목숨을 살린 셈이었다.

그들이 자리 잡은 곳은 오소독스.

다행히 김은혜 일행이 과거에 사용했던 주거지가 고스란히 남아 있었다.

도시의 태반을 뒤덮은 숲이 위협적이긴 했으나 올리버를 비롯한 전투원들의 능력으로 충분히 감당할 수 있었다.

물론 그 이상의 뭔가를 바랄 수는 없는 입장.

생존자들은 그저 살아남는 데 최선을 다할 수밖에 없었다.

"아시아 침공에 나선 제국군이 전멸했어요."

노트북을 만지작거리던 클라리스가 말했다. 올리버는 놀란 눈으로 그녀를 돌아봤다.

"정말인가?"

"제가 언제 거짓말하는 것 봤어요? 황제에게 직접 올라가는 보고서에 적힌 내용이니 확실해요."

소형 디바이스만으로 군사 위성 데이터베이스를 해킹한 그녀였다.

실력에 있어선 의심할 여지가 없었다.

"제국군이 출정한 것이 분명 며칠 전의 일이 아니었나?"

"일주일이 채 되지 않았죠. 바다를 건너 진군하는 기간을 감안하면 실질적으로 첫 전투에 전멸당한 셈이에요."

"바다 건너 국가들의 힘이 그 정도였단 말인가?"

"이 경우엔 바다 건너편 인간의 힘이라 해야겠죠."

"적시운 님 말인가?"

"그래요."

"출정에 나선 병력이 족히 3만은 되었던 걸로 기억하는데."

"대략 그쯤 될 거예요."

"그 병력을 적시운 님이 깨뜨렸단 말인가?"

"연맹을 맺은 국가와 길드들의 전력도 한몫했겠지만, 보고 내역을 보자면 그의 능력을 첫손으로 꼽고 있어요."

올리버의 얼굴에 감회가 스쳤다.

"이곳에 있던 때에도 대단했었지만 지금은 상상할 수도 없는 수준인 모양이군."

"생각해 보면 시타델에 있던 당시에도 성장 속도는 적수가 없을 정도였죠."

"그걸 감안하더라도 지금의 전투력은 믿기 어려운 수준인데."

"직접 확인해 보시겠어요?"

클라리스가 모니터를 올리버 쪽으로 돌렸다.

그녀가 해킹하여 빼낸 보고서엔 전장에서 촬영된 동영상 파일도 다수 포함되어 있었다.

그중 적시운의 전투 장면을 확인한 올리버는 자기도 모르게 침음을 흘렸다.

"음……."

처음엔 매카시를 간신히 상회하는 수준이었다.

물론 매카시더러 약해 빠졌다고 할 순 없을 테지만, 훗날 황혼의 순례자를 사냥했을 때쯤의 적시운과 비교하자면 한주먹 거리조차 되지 못했다.

정작 그 시점의 적시운조차 지금과는 비교하지 못할 지경.

그는 황제조차 두려워할 만한 존재로 성장했다.

"만약 그분이 제국을 정벌하기로 마음을 먹는다면……."

그간 제국을 압제해 온 황제의 공포 정치도 흔들리게 될 것이다.

올리버를 비롯한 생존자들에게 있어선 최상의 시나리오라 할 수 있었다.

"황제도 그걸 바라고 있을 거예요."

"그건 무슨 뜻이지?"

클라리스가 또 다른 파일을 열어 보였다.

해킹으로 빼낸 내부 문서.

그러나 보고서나 계획안과는 달랐다.

무척이나 오래된 공책을 스캔한 것이었는데, 두서없이 적혀 있는 내용을 보자니 일기장에 가까워 보였다.

"이런 게 제국의 기밀 데이터베이스 안에 있었단 말인가?"

"스캔한 사람을 확인해 보세요."

올리버의 동공이 확대되었다.

익숙한 이름이었던 까닭이었다.

"김은혜……."

"그녀는 다른 사람이 적어놓은 수기를 몰래 스캔해서 기밀 데이터베이스 안에 숨겨놓았어요. 아마도 누군가 발견해 주기를 기대했던 모양이에요."

"자신이 잘못될 경우를 대비해서 말인가?"

"예, 아마도……."

올리버는 스캐닝된 수기를 읽어 내렸다.

이윽고 그것이 자신의 생각보다도 오래된 것임을 깨달았다.

"그렇다면, 설마……!"

클라리스가 고개를 끄덕였다.

"그 수기를 작성한 사람은 황제예요."

제국의 수도 라자루시안.

한때는 시카고라고 불렸던 도시는 을씨년스러운 분위기였다.

제법 거대한 시가지가 펼쳐져 있는데도 오가는 사람의 수는 거의 없다시피 했던 것이다.

수도의 시민들을 학살한 건가 싶을 정도.

그러나 기감을 펼쳐 보니 건물 안에 사람들이 있다는 게 느껴졌다.

"현재 제국 전역에 계엄령이 선포된 상태일세."

적시운의 속내를 읽은 듯 아킬레스가 설명했다.

"수도 역시 마찬가지지."

"시민들이 그다지 좋아할 것 같지는 않은데요."

"황제는 딱히 개의치 않을 걸세. 시민들 좋아하라고 하는 일도 아닐 테고."

목소리에서 느껴지는 미묘한 위화감.

적시운은 한 가지 사실을 깨닫고서 조소했다.

"더 이상은 황제에게 경외심을 품고 있지 않은 겁니까? 그러고 보니 폐하라는 존칭도 사용하지 않는군요."

"부정해 봐야 의미는 없겠지."

아킬레스는 쓸쓸히 고개를 끄덕였다.

"나는 더 이상 황제에게 충성하지 않네. 그저 의지와 무관하게 굴종하고 있을 뿐이지."

"그렇다면……."

"그렇다고 자네의 편을 들지도 않을 걸세."

아킬레스의 눈빛을 본 적시운은 움찔했다.

자신을 바라보는 그의 시선에선 적개심과 경멸마저 느껴졌던 것이다.

"기억해 주었으면 좋겠군. 이 세상은 자네가 가지고 놀 장난감 따위가 아니라는 것을."

의외의 말에 적시운은 발끈했다.

"그딴 생각은 한 번도 해본 적 없습니다."

"물론 자네는 그렇게 대답하겠지. 정말 그렇다고 생각할 수도 있고."

"대체 무슨 소릴 하고 싶은 겁니까?"

아킬레스가 입을 열었다.

그러나 이내 무의미하다는 듯 고개를 저었다.

"황제와 대면하면 알게 될 걸세."

"그럼 안내나 하시죠."

"그러지."

아킬레스가 텔레포트를 펼쳤다.

다음 순간 적시운은 칠흑 같은 암흑 한복판에 서 있었다.

"……"

보통의 어둠이 아니었다.

일반적인 경우라면 광체 하나 없더라도 충분히 어둠을 꿰뚫어 볼 수 있는 적시운이었지만, 지금은 한 치 앞도 확인할 수가 없었다.

피부에 와닿는 포근한 느낌.

주변 공간이 온통 수라강기에 파묻혀 있음을 깨닫는 것은 그리 어렵지 않았다.

적시운은 주변의 어둠에 기운을 동화시켰다.

그러자마자 오감이 명료해졌다.

바로 옆에 있는 아킬레스의 기척도, 몇 걸음 앞에 앉아 있는 사내의 기척도 확실하게 느껴졌다.

"환영한다."

갈라진 음성이 적시운을 맞았다.

기나긴 세월의 풍파가 느껴지는 목소리.

사내는 적시운의 눈높이보다 조금 높은 곳에 앉아 있었다.

아마도 황제의 옥좌일 터.

적시운은 그곳을 향해 말을 던졌다.

"이곳에선 불을 다 꺼놓고서 손님을 맞이하는 모양이지?"

대답이라도 하듯 실내의 불이 켜졌다.

눈이 부실 정도의 조명에 적시운이 살짝 눈살을 찌푸렸다.

하지만 시력은 이내 빛에 익숙해졌고, 옥좌에 앉은 사내를 속속들이 살펴볼 수 있었다.

예상대로 늙은 노인이었다.

덥수룩하게 늘어진 회색 머리칼이 얼굴을 반 이상 가리고 있었다.

입고 있는 옷은 의외로 수수했다.

그 외 체구라든지 피부 상태 등은 일반적인 노인의 그것이었다.

일견 실망스럽기까지 한 외관.

하지만 적시운은 조금도 마음을 놓지 않았다.

천마쯤 되는 이에게 있어 외관 따윈 의미 없는 것이었기에.

"당신의 부름에 응해 찾아왔다. 황제, 아니, 천마라 불리는 편이 더 익숙할까?"

황제, 이쪽 세계의 천마가 고개를 들었다.

얼굴을 가리던 머리칼이 치워지니 좀 더 자세히 살펴볼 수 있었다.

동양계의 특징이 고스란히 나타나는 얼굴.

어딘지 모르게 익숙하다는 생각도 들었다.

"격체신진술은 사용하지 않은 건가?"

"사용했지."

황제가 대꾸했다.

"순천자나 현원자가 그랬던 것처럼 여러 번 사용하지 않았을 뿐이다."

"천마로서의 자존심이라는 건가?"

"그저 실용성이 떨어지기 때문일 뿐이다. 반로환동 따위는 언제라도 할 수 있으니까."

황제가 몸을 일으켰다.

새하얗게 샌 머리칼들이 우수수 떨어져 내리고 새카만 새 머리카락이 자라났다.

주름진 피부에 탄력이 돌아오고 굽은 허리가 펴졌다.

근육이 부풀고 전체적인 골격이 확장되었다.

지금 공격해야 하지 않을까 고민하던 적시운의 눈동자가 순간 격하게 흔들렸다.

"뭐, 뭐야."

황제가 옥좌를 걸어 내려왔다.

젊음을 되찾았음을 선포라도 하듯 사소한 움직임마다 활력이 넘쳤다.

"오늘, 이날만을 기다려 왔다. 수백 년의 세월, 그 이상의 고통과 인고를 견뎌가며."

뚜벅. 뚜벅.

황제의 발소리가 실내를 흔들었다.

그다지 특별할 게 없는 걸음인데도 적시운은 세상이 흔들리는 기분이었다.

그렇기 때문일까.

적시운은 자기도 모르게 뒷걸음질을 쳤다.

하지만 이내 벽에 막혀 멈추었고, 황제는 1m도 채 떨어지지 않은 지점까지 다가와 섰다.

두 사람의 눈높이는 완전히 동일했다.

두 개의 시선이 평형을 이루며 교차했다.

"이렇게 만나게 되어 너무나 기쁘구나."

황제가 말했다.

"또 다른 차원의 나."

제62장
무너지는 세계

1

거울을 마주한 것처럼 서 있는 두 사내.

전혀 다른 의상을 입고 있음에도 비치는 것처럼 보이는 건 둘의 얼굴에 일말의 차이조차 없기 때문이었다.

"개소리."

적시운의 얼굴이 일그러졌다.

"이건 대체 무슨 개수작이지? 이딴 속임수에 내가 당황하기라도 할 거라고 생각한 거냐?"

"개수작도 아니고 속임수도 아니다."

적시운이 담담한 태도로 대답했다.

"나는 너이며, 너는 곧 나다. 또 다른 차원의 적시운이여."

"그딴 이름으로 날 부르지 마."

적시운이 피투성이 늑대처럼 으르렁거렸다.

"나는 적시운이다. 내가 진짜 적시운이야. 또 다른 차원이니 뭐니 하는 걸 갖다 붙이지 말란 말이다."

"내 관점의 너는 또 다른 차원의 나다. 물론 네 관점에서는 내가 그럴 테지."

"이 세계는 내 세계야. 내가 진짜라고."

"진짜니 가짜니 하는 게 의미가 있나? 네 말대로라면 너와 함께하는 천마는 가짜라는 소리군."

심리적 허를 찔린 적시운이 움찔했다.

당황한 탓에 해선 안 될 말을 해버렸다.

'천마, 지금 이건 그저⋯⋯.'

[본좌에게 사과할 필요는 없네.]

'미안.'

괜찮다는 말에도 불구하고 적시운은 사과했다.

그러지 않고선 스스로를 용서할 수 없을 것 같았다.

'흔들려선 안 된다.'

우우웅.

적시운은 체내의 기운을 끌어올렸다.

더 말을 섞어봐야 속임수에 넘어가기만 할 뿐.

황제의 현혹 따위에 개의치 말고 당장 끝장을 봐야 했다.

적시운은 그런 적시운을 물끄러미 바라봤다.

"문답무용의 결전. 그게 네 답이로군. 하긴 내가 네 입장이었어도 그렇게 행동했을 거다."

"닥치고 죽어."

"또 다른 자신을 살해하겠다는 건가? 나쁘지 않은 선택지로군. 하긴 선을 논하기엔 넌 이미 너무 많은 손을 피에 묻혔지."

"닥치라니까!"

적시운은 탐랑을 뽑아 들었다.

발검이 이루어지는 찰나의 순간에 전심전력의 수라강기가 칼날에 삼켜졌다.

폭주하듯 치솟는 시커먼 검강.

단번에 휘둘러 모든 것을 베어버리면 이 악몽도 끝날 터였다.

번쩍!

전력을 다한 아수라검계가 펼쳐졌다.

눈앞의 공간이 쩍 갈라졌다.

폭주하듯 격발된 수라강기는 황성의 본관 전체를 대각선을 갈라 버렸다.

촤아악!

뚜껑이 열리듯 벌어지는 벽면.

그 바깥으로 잿빛 하늘이 보일 지경이었으나, 적시운은 그쪽을 바라보고 있지 않았다.

'베지 못했다!'

손끝에 닿는 느낌이 없었다.

두꺼운 벽을 비롯해 궤적 안의 모든 것을 갈랐지만 단 한 명의 인간은 가르지 못했다.

순간 시야가 시커메졌다.

잠시 후에야 놈의 손아귀가 얼굴을 움켜쥐었음을 깨달았다.

두개골과 악골에 걸리는 무시무시한 악력.

얼굴이 부서질 것 같은 격통 속에 적시운은 몸서리를 쳤다.

"크……!"

적시운은 그런 적시운을 얼굴째 바닥에 처박았다.

콰직!

손아귀에 붙들린 머리가 대리석 바닥에 깊숙이 박혔다.

반으로 잘려 나간 황성이 붕괴되는 가운데, 적시운은 적시운을 처박은 채 내달렸다.

적시운 역시 나름대로 저항하려 했으나 힘의 차이가 압도적이었다.

그저 대리석에 고정된 것처럼 무기력하게 끌려갈 따름.

천마신공의 공력을 모조리 끌어냈음을 감안하면 기가 막힌 일이었다.

"크앗!"

적시운은 내공을 재차 격발시켰다.

육체에 과부하가 걸리는 일이었지만 지금은 그런 걸 신경 쓸 겨를이 없었다.

우우웅!

폭발하듯 분출되는 강기의 회오리.

그 반동으로 인해 얼굴을 감싸던 손아귀가 마침내 떨어져 나갔다.

한순간 생겨난 틈을 비집고 탐랑을 휘둘렀으나 적시운은 이미 저 멀리 달아난 뒤였다.

"제기랄!"

적시운은 걸쭉한 핏물과 대리석 파편으로 범벅이 된 얼굴을 쓸어내렸다.

적시운은 그런 적시운을 바라보며 혀를 찼다.

"네가 천마를 만나 귀환한 게 작년의 일이었던가? 확실히 놀라운 성장세이긴 하더군. 뭐, 이래 봐야 자화자찬이나 다름없지만 말이야."

"닥쳐…… 개자식아."

"수준 낮은 욕설 따윈 관둬. 누워서 침 뱉는 꼴이니까. 무작정 열불만 내는 것보단 허심탄회하게 대화를 나눠보는 게 어때?"

"대화라고? 이거나 처먹으시지!"

오른손의 탐랑이 날카로운 검명을 토했다.

적시운은 그대로 짓쳐 들며 검격을 날렸다.

모든 일격이 절초나 다름없는 위력이었으나 적시운은 기가 막힐 정도의 스피드와 몸놀림으로 검의 궤적을 흘려보냈다.

쿠구구구!

무너지는 황성.

솟구쳐 오르는 흙먼지 속에서 연신 번뜩이는 검광.

이윽고 두 개의 신형이 흙먼지 바깥으로 치솟았다.

"애꿎은 건물만 무너뜨렸군. 무고한 이들만 죽어 나갔고. 참으로 숭고하기 짝이 없는 행동이야."

냉소 섞인 말에 적시운은 울컥했다.

하지만 이내 정신을 다잡고서 쏘아붙였다.

"황성 안엔 사람이 없었어. 기감으로 확실히 파악했다고."

"그게 속임수일 거라고는 생각해 보지 않았나?"

"뭐……?"

"내겐 너와 비교조차 할 수 없을 만큼의 여유가 있었다. 그 긴 시간 동안 네 기감을 속여 넘길 방책 하나 만들어 두지 않았을까?"

"……!"

적시운의 눈동자가 크게 흔들렸다.

그것을 본 적시운이 빙긋 웃었다.

"뭐, 말이 그렇다는 거다. 네 말대로 황성 안엔 사람이 없었어. 아킬레스는 텔레포트로 빠져나갔고, 다른 이들은 미리 대피시켜 두었지."

"너……!"

"계속 싸울 생각이냐? 내가 왜 이런 말을 하는지 아직도 이해하지 못하는 건가?"

적시운이 두 팔을 벌려 보였다.

그의 뒤로 펼쳐져 있는 수도 라자루시안의 전경이 적시운의 두 눈 가득 들어왔다.

"계엄령을 선포하긴 했지만 시민들을 대피시키진 않았다. 네가 지금껏 그런 것처럼 날 죽이겠다고 날뛰었다간 어떻게 될지 생각 좀 해보시지?"

"……."

"날 죽이려면 전력을 다해야 할 거야. 어지간한 절초 한두 번으로는 턱도 없지. 이 근방을 모조리 초토화할 각오는 해야 할 거다."

잠시 말을 멈춘 적시운이 쓴웃음을 지었다.

"50만이 넘는 수도 시민 중 과연 몇이나 살아남을 수 있을지 궁금하군."

"크……!"

"그래도 계속 싸울 테냐?"

적시운은 이를 악물었다.

놈의 지적은 정확하고도 신랄했다.

설령설렁 싸워선 생채기 하나 낼 수 없을 터.

그렇다고 전력을 다했다간 수도가 남아날 리 없었다.

아무것도 모르는 무고한 이들이 떼죽음을 당하리라는 것쯤은 자명한 사실.

'그렇더라도……!'

50만을 죽여서 수억 명을 살릴 수 있다면 그래야 하는 건지도 모른다.

실로 소름끼치는 생각.

그런 생각을 떠올릴 만큼 적시운의 정신은 핀치에 몰려 있었다.

하지만 결국 시행에 나서진 못했다.

애초에 수도를 부술 기세로 싸운다고 해서 놈을 없앨 수 있으리란 보장 따윈 처음부터 없었다.

"게다가……."

적시운의 기세가 변했다.

탐랑을 쥔 적시운이 경계 태세를 취했으나, 그 순간 강기에 휘감긴 신형이 바로 앞까지 파고든 뒤였다.

쾅!

명치를 후려치는 권격.

반사적으로 휘둘린 탐랑은 머리칼 몇 가닥만 잘라내는 데

그쳤다.

"끄······!"

세상이 뒤집히는 기분 속에서 적시운은 침음했다.

복부를 관통한 통증이 척추를 타고 온몸을 흔들었다.

시급히 반격해야 한다는 생각이 들었으나 상대방이 한발 빨랐다.

적시운은 주먹을 내지른 기세를 그대로 살려 적시운의 온몸을 난타했다.

콰과과과광!

잇따른 굉음이 허공을 흔드는 가운데 만신창이가 된 적시운의 몸이 흙먼지 속으로 추락했다.

이를 뒤쫓아 간 적시운은 일말의 여유조차 주지 않고서 재차 권격을 내리꽂았다.

천마신공 권식.

진천랑섬권(眞天狼閃拳).

쾅!

거대한 뇌격이 적시운의 흉부에 꽂혔다.

그가 처박힌 건물 잔해가 천 갈래 만 갈래로 갈라졌다.

두 사람의 신형이 먼지와 파편들을 뚫고서 아래로 내리꽂혔다.

쿠구구구······!

안 그래도 붕괴 중이던 황성은 문자 그대로 폭삭 가라앉았다.

자욱하게 깔린 흙먼지에 한 치 앞도 볼 수 없을 지경.

들리는 것은 오직 붕괴음뿐인 그 한복판에서 나직한 음성이 선명하게 흘러나왔다.

"1년 남짓한 시간. 그게 너에게 주어졌던 여유다. 그 짧은 시간 동안 너는 놀라울 정도로 성장했어. 그 점에는 존경을 표한다. 뭐, 이렇게 말해봤자 자화자찬이나 다름없지만."

후우웅.

일진광풍이 불어 흙먼지를 쓸어냈다.

거짓말처럼 분진이 사라진 공간에 적시운은 티끌만큼의 흠집조차 없이 우뚝 서 있었다.

그 아래.

엉망진창으로 곤죽이 된 적시운이 널브러져 있었다.

"하지만 생각해 보라고. 너의 수십, 수백 배에 이르는 시간과 여유가 나에게 있었다. 재능과 신체조건, 심지어는 스승이자 멘토까지 동일한 환경에서 그 정도의 어드밴티지가 내게 주어졌다는 거다."

"……"

"그런 나를, 네가 이길 수 있을 거라고."

콱!

적시운의 머리를 발로 짓밟은 적시운이 말했다.

"진심으로 생각한 거냐?"

적시운의 집에는 세실리아와 밀리아, 그렉과 아티샤가 남았다.

그들에게 적시운 가족의 신변 보호를 맡긴 차수정과 헨리에타, 그리고 김은혜는 황급히 신서울로 향했다.

권창수는 모든 준비를 마친 채 그녀들을 기다리고 있었다.

그 역시 헨리에타와 같은 결론을 도출해 두었던 것이다.

"길드 연합의 병력 절반가량이 복귀할 예정입니다. 나머지는 1군단 및 중국군과 함께 중국 동부에 남을 거고요."

"동남아와 일본 쪽은 어떤가요?"

"지원 요청을 해두기는 했습니다만 큰 기대는 갖지 않는 게 좋을 것 같습니다."

"마수들의 진격 경로는 생각해 보셨나요?"

"가능성 높은 것은 역시 두 가지입니다. 연해주 근방으로부터의 남진, 그리고 동해를 통한 상륙입니다."

약화된 국력으로 인해 일본은 마수들을 방비할 능력을 사실상 상실했다.

연해주를 비롯한 러시아 극동 지방은 혹독한 기후로 인해 방비가 허술했다.

마수들 역시 혹한의 기후를 꺼리는 편이었지만 경유하기만 하는 경우라면 크게 문제될 것도 없었다.

"최초의 차원 게이트부터가 극지방에 나타났었으니 말이죠."

차수정의 말에 권창수는 고개를 주억거렸다.

"예, 결국 동해와 북한, 두 곳이 주요 진격 경로가 되지 않을까 예상하고 있습니다. 서해나 남해 등으로 우회해서 올 가능성도 물론 인지하고 있고요."

준비 자체는 철저한 편.

그러나 그것만으로 안심할 순 없었다.

지난 전투와 비교하자면 고작 한 사람이 전력을 이탈했을 뿐.

하지만 그 한 사람의 부재가 너무나 크게 다가왔다.

"적시운 님의 합류 가능성은 어느 정도라고 생각하십니까?"

김은혜를 향한 질문.

그러나 그녀 역시 굳은 얼굴로 고개를 저을 따름이었다.

"그건 저로서도 확답을 드릴 수 없어요."

"황제의 계획에 대해서도 전혀 아는 바가 없으십니까?"

"예전의 그였다면 무슨 생각을 하고 있는지 알 수 있었을지도 몰라요. 하지만 지금은……"

"대체 황제의 무엇이 그렇게 변한 거죠?"

"그것은……"

차수정의 질문에 대답하려던 김은혜가 멈칫했다.

불현듯 무언가를 떠올린 모양.

그녀의 얼굴이 당혹감으로 물들었다.

"설마, 설마……!"

2

"뭔가 문제라도 있는 겁니까?"

걱정스러운 얼굴로 권창수가 물었다.

그와 차수정, 그리고 헨리에타.

세 사람 모두가 당황할 만큼 김은혜의 반응은 격했다.

"너무나, 너무나 오랫동안 잊고 있었어요. 저와 그 사람이 남들의 몇 배에 이르는 삶을 영위했다지만, 결국은 조금씩 늙어갔으니까요. 우리에게도 노화가 차츰 찾아왔기에……."

두서없게까지 느껴지는 설명.

차수정은 김은혜의 어깨를 부드럽게 감쌌다.

그리고 그녀가 혼란을 가라앉힐 수 있도록 천천히 쓰다듬었다.

"천천히 심호흡을 하세요. 아무 말도 하지 않으셔도 좋으니 우선은 진정하셔야 해요."

"아뇨, 아니에요."

김은혜가 고개를 가로저었다.

"제가 멍청했어요. 적시운 님을 처음 보았을 때 깨달았어야 했는데. 아니, 그가 이미 오래전에 바뀌었다는 것을 받아들였어야 했는데……!"

"대체 그게 무슨 말씀이죠?"

"그날, 운명의 밤이 모든 것을 바꿔놓았어요. 제가 알고 있던 그 사람, 천마는 그날 이후로 변하기 시작했어요. 하지만 그게 아니에요. 변하기 시작한 게 아니에요."

김은혜는 당장에라도 울음을 터뜨릴 것 같은 얼굴로 말했다.

"그날 밤을 기점으로, 그는 이미 변해 버린 뒤였던 거예요."

"네……?"

"황제는 천마가 아니에요. 일부분은 천마라고 할 수 있을지도 모르지만 본질적으로는 결코 천마가 아니에요."

"그게 무슨……?"

"제가 멍청했어요. 이제야 떠올리다니요. 이제야 그의 얼굴을 떠올리다니요!"

김은혜가 울부짖듯 말했다.

"두 사람의 얼굴은 완벽하게 같아요. 제국의 황제는, 제가 천마라고 생각했던 사람은, 바로 적시운 님이었던 거예요!"

"그날 밤은 모든 것을 바꿔놓았지."

스치는 바람이 적시운의 머리칼을 흔들었다.

"적시운은 죽음의 기로에 놓였다. 그것은 천마 역시 마찬가지였지. 그래서 둘은 합의를 보았지. 금단의 비술을 사용함으로써 공생을 꾀하기로 말이야."

"……."

"약하지만 보다 젊고 가능성 높은 육체가 그릇으로 낙점되었다. 압도적으로 강한 쪽의 몸은 무림맹의 번견들에 의해 만신창이가 되어버렸거든. 단전과 선천진기의 근간까지 타격을 입었으니, 그대로 두어선 답이 없었던 거지."

허공을 응시하는 적시운의 눈빛은 오랜 과거를 더듬고 있었다.

"계약이 이루어졌고 둘은 하나가 되었다. 한쪽의 연인이 그 자리를 찾은 것은 그 직후의 일이었지. 하나가 된 둘은 그녀에게 자초지종을 설명했다. 크게 당황한 그녀였지만 이내 사정을 이해하고는 그를 대피시켰다."

"……."

"꽤나 친숙한 이야기지? 뭐, 네 경우와는 디테일한 면에 있어 꽤나 차이가 있겠지만 말이야."

대답은 없었다.

마치 죽어버리기라도 한 것 같은 반응.

그러나 적시운은 녀석이 죽었을 리 없다고 확신했다.

고작 이 정도에 죽을 놈이었다면 이 자리까지도 오지 못했을 테고…….

"이 정도에 죽어서야 나라고 할 수 없을 테니까. 안 그래?"

콰앙!

대답이라도 하듯 강기의 격류가 뿜어져 나왔다.

처박혀 있던 적시운이 순간적으로 수라강기를 방출, 그 반동을 이용해 머리를 짓밟고 있던 적시운을 밀쳐 냈다.

"큭……."

간신히 몸을 일으킨 적시운이 침음을 흘렸다.

적시운에 의해 입은 상처는 말끔히 치유된 뒤.

하지만 자존심에 새겨진 상흔은 쉽게 복구될 수 없을 터였다.

"대체 바라는 게 뭐냐."

"이제야 대화를 할 마음이 든 건가?"

적시운은 뿌득 이를 악물었다.

마음에 들진 않지만 황제가 자신보다 우위에 있다는 것은 인정할 수밖에 없었다.

이대로 다시 붙어봐야 조금 전의 재탕밖에 되지 않을 터.

일단은 놈의 계획부터 파악하는 편이 낫겠다는 생각이…….

"……들었을 테지. 뭐, 내가 네 입장이었더라도 그랬을 테니까."

"……."

"칭찬이니까 좋게 생각하라고. 흠. 오늘은 어째 자꾸 자화자찬을 하게 되는걸."

"그 오랜 세월 동안 김은혜를 속여온 거냐? 천마인 척 행동하며 그녀를 속여 넘긴 거냔 말이다."

"딱히 속인 적은 없어. 나는 적시운인 동시에 천마이기도 하거든."

미묘한 대답 앞에서 적시운은 이질감을 느꼈다.

그 역시 격체신진술을 통해 천마와 융화되긴 했지만, 자신을 천마와 동일시한 적은 한 번도 없었던 것이다.

거울에 비친 것처럼 동일하다고만 여겨졌던 두 존재의 차이점이 각인되는 순간이었다.

"운명의 그날이 모든 것의 시작이었지."

"……내가 제대로 이해한 건지 모르겠군."

모니터를 바라보던 올리버가 중얼거렸다.

확신 없는 어조.

그럴 수밖에 없는 게, 수기에는 서양인에게 있어 생소한 개

넘이 다수 포함되어 있었던 것이다.

군데군데 주석이 달려 있기는 했지만, 그렇더라도 이해 못 할 부분이 너무 많았다.

"그래도 한 가지는 확실히 알 것 같군."

"황제는 적시운의 존재를 알고 있었어요. 처음부터."

"그런 것 같군. 게다가 오랜 기간 적시운 님과의 만남을 기다리고 준비해 온 것 같다."

다만 그 상세한 내용까진 알 수가 없었다.

해킹을 통해 찾아낸 수기는 일부에 불과했으며 그마저도 스캐닝 상태가 좋지는 않았던 것이다.

"어쨌거나……."

클라리스의 어조는 조심스러웠다.

"적시운이 황제의 초대에 응했다면 낭패를 겪고 있을 가능성이 높아요."

"최소 수십 년의 준비 기간을 거친 함정이 도사리고 있을 테니 말이지."

"그렇다면 우린 어떻게 해야 하죠?"

답을 바라고 던진 질문이 아니었다.

그저 자조적인 푸념에 가까운 말일 따름.

올리버가 답을 낼 수 없으리란 건 질문을 한 클라리스가 누구보다도 잘 알고 있었다.

당장 그녀로서도 뾰족한 수가 전혀 떠오르질 않았으니까.

"우리가 할 수 있는 일은 뭐든 해봐야지."

무난한, 그러나 해결책을 제시하지는 못하는 답변.

하지만 올리버의 말은 그게 끝이 아니었다.

"어쩌면 너이기에 할 수 있는 일이 있을지도 모른다."

"그게 무슨 뜻이죠?"

"군사 위성을 해킹했다고 했었지?"

"그랬었죠. 하지만 제국 데이터베이스에서 빼낼 수 있는 정보에는 한계가 있어요."

"정보가 더 필요한 게 아니다. 지금 필요한 건 소통, 커뮤니케이션이다."

"커뮤니케이션이라니, 황제와 말인가요?"

자기 입으로 꺼내긴 했지만, 참으로 멍청한 질문이라고 클라리스는 생각했다.

지금 황제와 소통해 봤자 나아질 것은 없었다.

그녀들이 있는 곳으로 미사일 세례가 떨어지지나 않으면 다행.

올리버는 그녀를 비웃거나 한심하다는 눈으로 쳐다보지 않았다.

우직한 성격답게 그저 틀린 부분을 정정할 따름이었다.

"황제가 아니다. 지구 반대편의 동지들이지."

"지구 반대편이라면, 설마……?"

"적시운 님의 나라, 대한민국."

올리버는 담담히 말했다.

"그들과 접촉하여 앞으로의 일을 상의해야 한다."

"아……!"

군사 위성을 해킹할 수 있다는 것은 위성에 탑재된 광대역 통신망을 이용할 수도 있다는 것.

그리고 북미 제국의 군사 위성들은 범지구적 규모의 네트워크를 자체적으로 갖추고 있었다.

올리버의 말마따나 지구 반대편과 대화하는 것도 불가능하진 않은 일.

다만 거기에는 한 가지 전제가 필요했다.

"저쪽에도 우리 같은 사람이 있어야 해요. 상대방 또한 북미 제국 네트워크에 접속한 상태여야 한다고요."

"그러니까, 저쪽에서도 해킹을 해야 한다는 건가?"

"네트워크에 접속한 상태이기만 하면 돼요. 적절한 계정만 있다면 로그인을 하면 되겠지만…… 그런 경우는 기대하기 어렵겠죠. 네. 아마도 해킹이 유일한 답일 거예요."

"그 정도 해커가 한국 측에 없으리라 장담하진 못할 텐데."

"실력자야 있겠죠. 이 시각에 북미 제국 네트워크에 접속 중일까 하는 게 문제지."

"설령 그렇더라도."

올리버는 진중한 어조로 말했다.

"시도는 해봐야 한다고 생각한다."

"그렇게 말할 거라 생각했어요. 뭐, 어차피 달리 할 일이 있는 것도 아니니."

클라리스는 키패드에 손을 얹었다.

"부디 저쪽에도 우리와 같은 생각을 하는 사람이 있었으면 좋겠군요."

"……해서, 부디 우리에게 협력해 주었으면 합니다."

드라칸과 빅터는 서로를 돌아봤다.

그들을 앞에 두고서 정중히 부탁하는 사내의 이름은 권창수.

임전에 앞서 전달받았던 자료에 의하면 대한민국의 실질적 통수권자라고 했다.

그에 관해선 두 가지 측면에서 놀라움을 느꼈다.

생각보다도 훨씬 젊은 외모가 하나요, 오만함이나 고압적인 태도가 조금도 보이지 않는다는 점이 둘이었다.

"알고 있는지 모르겠지만, 우리는 전쟁 포로다. 이렇게까지 정중할 필요 따윈 없을 텐데."

"말씀대로 두 분은 전쟁 포로입니다, 드라칸 님. 그렇기에 국제법에 의거하여 그에 걸맞은 대우를 하는 것입니다."

"고문이나 심문을 하는 것이 아니라 말인가?"

"말씀하신 것들은 국제법에 저촉되는 행위들이며, 설령 그렇지 않다 하더라도 고문을 할 생각은 없습니다."

"어째서지?"

"두 분 역시 이 전쟁이 그릇되었다는 걸 알고 계실 테니까요."

드라칸은 입을 다물었다.

그의 시선이 권창수의 어깨너머로 향했다.

그의 뒤쪽엔 차수정이 벽에 기댄 채 서 있었다.

두 사람의 시선이 소리 없이 교차했다.

이윽고 드라칸의 창백한 얼굴에 미소가 떠올랐다.

"그릇된 전쟁이라."

드라칸의 얼굴은 전체적으로 핼쑥했다.

뿐만 아니라 그의 육체 또한 상당히 쪼그라든 상태였다.

적시운이 걸어놓은 이능력 봉쇄로 인해 육체가 약화됐고, 자가 회복 역시 더디기 그지없었던 것이다.

하지만 그의 얼굴에선 후련함이 느껴졌다.

권창수의 말마따나 그릇된 전쟁에서 패배했기 때문인지도 몰랐다.

"우리가 뭘 해주길 바라는 거지?"

"제국 수뇌부의 기밀 정보가 필요합니다. 지금까지 수차례 해킹을 시도했지만 큰 성과는 없었습니다. 게다가 이젠 시간도 그리 넉넉하지 않고요."

"그래서 해킹 말고 다른 방법을 택하겠다는 건가?"

"예, 펜타그레이드이신 드라칸 님이시라면 기밀 데이터베이스에 접속할 권한이 있을 테니까요."

"미안하지만 나는 데이터니 뭐니 하는 건 잘 모른다."

"예, 물론 그러실 거라 생각했습니다."

권창수의 시선이 드라칸의 옆으로 향했다.

"그렇기에 빅터 곤잘레스 님의 도움이 필요한 것이고요."

"……."

"드라칸 님의 부관이라는 건, 다시 말해 실무 전반을 책임지고 있다는 뜻이기도 하겠지요."

"마치 펜타그레이드의 생리에 대해 잘 안다는 투로군."

내내 침묵하던 빅터의 한마디.

권창수는 빙긋 웃고서 대답했다.

"펜타그레이드의 생리에 대해 잘 아시는 분이 곁에 있거든요."

"김은혜…… 그녀인가."

"그렇습니다. 어떻습니까. 우리에게 협력해 주시겠습니까?"

빅터는 나직이 한숨을 쉬었다.

"기밀 정보의 유출은 곧 제국에 대한 반역과 같다. 내가 모국을 배신하리라고 생각하는 건가?"

"아뇨, 배신이 아닙니다."

권창수는 담담히 말했다.

"모국을 지키는 일이지요."

3

묵직한 한 방 앞에 빅터는 쓴웃음을 지었다.

"당신네를 돕는 게 제국을 구하는 길이라는 건가?"

"생각하시는 제국이 황제의 안위만을 말하는 거라면 배신이
겠지요. 하지만 그게 아니라면, 예. 우리를 돕는 것이 제국을
구하는 길입니다."

권창수의 어조엔 일말의 흔들림도 없었다.

"그리고 동시에 세상을 구하는 길이기도 하겠지요."

"……정확히 무엇을 알고 싶은 거지?"

"우리는 조만간 마수들의 재침공이 시작될 거라고 예상하고
있습니다. 그와 관련된 정보라면 뭐든지 좋습니다."

빅터는 드라칸을 돌아봤다.

상관이자 오랜 동지의 의견을 묻기 위함이었다.

"며칠 전이었다면 저런 수작 따위엔 넘어가지 말라고 했을
거다."

드라칸이 말했다.

"그때까지 알고 있던 제국은 희망의 상징이었으니까. 마수에 맞서 인류를 구원한 영웅이 빚어낸 걸작이었으니 말이야."

"저 역시 그렇게 생각했었습니다."

"우리들은 착각 속에서 살고 있었던 거다, 빅터."

드라칸의 쓴웃음이 한층 깊어졌다.

"저들의 요구 사항을 들어줘라. 이것이 우리의 실수를 만회해 주길 바랄 수밖에."

"예, 드라칸 님."

빅터는 북미 제국 기밀 네트워크의 접속 코드와 패스워드를 알려주었다.

권창수는 전쟁 전에 포획한 군사 위성인 무닌을 이용해 북미 제국 네트워크에 어렵잖게 접속할 수 있었다.

클라리스와 접촉하게 된 것은 몇 분 뒤의 일이었다.

운명의 그 날.

무림맹의 기습이 있으리란 정보를 뒤늦게 접한 설천녀는 황급히 천마가 있는 곳으로 달려갔다.

그녀를 반긴 것은 문자 그대로 시산혈해.

셀 수도 없을 만큼 쌓여 있는 시체였다.

무림맹의 최정예 고수들.

그리고 그들로부터 천마를 지키려다 산화한 천마신교의 수신호위들.

그들 모두가 죽었다.

한 명도 남김없이.

실로 섬뜩한 광경이었지만 설천녀는 희망을 가졌다.

갖가지 형태로 죽어 나간 시체 속에 그 사람은 없었기에.

하지만 희망은 이내 깨졌다.

그가 있으리라 생각한 곳엔 난생처음 보는 청년이 서 있었다.

잠든 것처럼 쓰러져 있는 천마를 곁에 둔 채.

내공은 느껴지지 않았다.

생기도 느껴지지 않았다.

천마는 더 이상 숨을 쉬지 않았다.

"네가!"

설천녀는 절규했다.

정황을 보자면 청년이 천마를 죽였을 터.

설령 죽이지 않았다손 치더라도 혼자 살아남았다는 것 자체를 용서할 수 없었다.

하지만 모골이 송연해질 비명 앞에서도 청년은 꿈쩍도 하지 않았다.

그저 부드러운 미소를 띤 채 그녀를 바라볼 따름이었다.

그러거나 말거나 상관할 바는 아니었다. 그저 죽일 따름.

놈을 죽인다 하더라도 그가 살아 돌아오진 않겠지만, 복수의 만족감을 느낄 수도 없겠지만, 그렇지만……!

그때 청년이 입을 열었다.

설천녀가 휘두른 칼날이 목에 닿기 직전이었고, 바로 다음 순간 머리가 달아나리란 것은 기정사실이었다.

청년은 그녀의 이름을 불렀다.

아무에게도 가르쳐 준 적 없는, 오직 천마에게만 알려준 본명을.

설천녀는 가까스로 멈출 수 있었다. 찰나의 시간만 늦었더라도 청년의 목은 깔끔히 베여 나갔을 터.

그럼에도 청년은 당황하거나 겁먹지 않았다.

그녀라면 제때 멈출 것이라 예상했다는 듯.

청년은 진실을 말해주었다.

다른 세계에서 온 인간과 천마 사이에 벌어진 일을.

두 사람 사이에 오간 계약과 하나로 묶여 버린 운명에 대하여.

"하지만 모든 것을 말해주진 않았던 거예요. 나만 그렇다고 믿었을 뿐. 지금까지, 바보처럼 말이죠."

김은혜의 목소리는 쓸쓸했다.

세상에 홀로 남겨진 사람이 이러할까 싶을 만큼.

그녀의 입장을 생각한다면 별반 차이는 없을 터였다.

"그때 자아의 주도권을 잡은 쪽은 천마가 아닌 적시운이었던 거군요."

고개를 끄덕이는 김은혜.

헨리에타는 뭐라 위로해야 할지 알 수 없는 심경 속에 중얼거렸다.

"적시운은 어째서 당신을 속였던 걸까요?"

"속은 제가 바보였던 거예요. 그의 태도나 행동에서 위화감을 느꼈으면서도, 그럴 리는 없다고 애써 맹신했던 거죠. 어찌되었든 그는 천마의 기억을 고스란히 지니고 있었고, 언제나저를 다정하게 불러주었으니까요."

"이런 질문을 해야 한다는 게 안타깝지만……."

차수정이 조심스럽게 말했다.

"몇 가지만 여쭐 수 있을까요?"

"그러세요. 제 걱정은 하지 마시고요."

말은 그렇게 하지만 김은혜는 위태로워 보였다.

살짝 건드리기만 해도 무너져 내릴 것 같은 유리 조각.

지금의 그녀가 바로 그러했다.

"시운 선배가 차원 이동을 한 것은 마수 전쟁이 시작되고도한참이 지난 후였어요. 그렇지 않나요?"

"우리 세계에서는 그렇죠."

"다른 세계에선 다를 수도 있다는 건가요? 그러니까…… 우리 세계로 마수들을 인도한 사람이 시운 선배라는 거잖아요? 그런데 시운 선배는 마수 전쟁이 시작된 후에 차원 이동을 했고……."

"거울 차원이라 해도 모든 것이 동일하진 않으니까요."

김은혜는 담담히 설명했다.

"우리 차원을 A라고 하고 시운 님이 향했던 차원을 B라고 하죠. A차원에서 마수 전쟁이 발발한 원흉은 적시운이라는 사람이지만, B차원에서도 그러리란 보장은 없어요."

"그럼…… 우리 차원으로 옮겨온 시운 님은 B차원이 아닌 또 다른 곳에서 왔다는 거군요."

"네, 그의 원래 차원에서는 다른 원인으로 인해 마수 전쟁이 발발했을 거예요. 어쩌면 아예 마수 전쟁이 벌어지지 않았을 수도 있죠. 우리 세계의 적시운 님과는 다른 이유로 차원 이동을 하게 되었을지도 모르니까요."

"그런……."

차수정은 할 말을 잃었다.

거울 차원만으로도 머리가 지끈거릴 일인데 또 다른 차원이라니.

대체 몇 개의 세계가 얽혀 있는 것인지 상상조차 가질 않았다.

"어렵게 생각할 필요 없어요."

헨리에타가 단언했다.

"요약하자면 결국 이거잖아요? 다른 세계의 적시운이 모든 것의 원흉이라는 것. 그가 은혜 씨를 속였고 마수들을 이 세계로 불러들여 우리 세계를 엉망진창으로 만들었어요. 다만 그뿐인 거예요."

"하지만…… 대체 시운 선배가 왜……?"

"적시운이 아니에요."

헨리에타가 힘주어 말했다.

"그저 얼굴만 같은 인간일 뿐. 그자는 우리가 알고 있는 적시운이 아니에요."

"그 말이 맞아요, 헨리에타 양."

김은혜가 동의했다.

이제는 마음의 동요가 가라앉은 듯 많이 차분해진 모습이었다.

"다만 그의 목적만큼은 알아내야 할지도 몰라요. 단순한 미치광이가 아닌 이상은 뭔가 이유가 있어 이 모든 일을 벌였을 테니까요."

"뭔가 짐작 가는 건 없으신가요?"

"저로서도 전혀 짐작 가는 바가 없어요. 지금 돌아보면, 그

날 이후의 그는 단 한 번도 제게 마음을 열어준 적이 없었던 것 같아요."

김은혜는 쓸쓸히 중얼거렸다.

"저는 그저 오래된 옛 추억에 매달려 왔을 뿐인 거예요."

"……."

"어쩔 수 없는 일이죠. 이제 와 후회한다고 돌이킬 수 있는 일도 아니니."

"바로 그거예요. 후회."

차수정과 김은혜가 헨리에타를 돌아봤다.

"돌이킬 수 없기에 사람은 후회하죠. 만약 그때 내가 조금만 신중했더라면, 그렇게 말하지 않았다면, 그 사람을 따라갔더라면……."

회한은 영혼의 심연에까지 각인되는 법.

잘못된 과거를 뒤바꿀 방법만 있다면 영혼까지 팔 수 있는 것이 인간이었다.

"그런 생각을 해본 적 없으세요? 만약 그날 밤, 조금만 더 일찍 천마에게 갔더라면 미리 알고서 천마를 만류했더라면 하는 후회 말이에요."

김은혜의 눈동자가 격하게 흔들렸다.

"지난 수백 년 동안, 한시도 후회하지 않은 적이 없었죠."

"만약 그날의 운명을 뒤바꿀 방법이 있다면 어떻게 하시겠어요?"

김은혜는 대답하지 않았다.

헨리에타도 대답을 바라지 않았다.

이미 답은 나와 있는 것이나 마찬가지였기에.

"그 사람도 마찬가지였다는 거군요."

차수정이 떨리는 음성으로 중얼거렸다.

"도저히 떨쳐 낼 수 없는 회한과 후회 때문에⋯⋯."

"만약 후회로 얽힌 과거를 고칠 수만 있다면."

헨리에타가 말했다.

"세계를 파멸로 몰아넣을 수도 있는 게 인간이란 생물이에요."

"서기 2097년 7월 13일이었지. 검은 안식일. 마수들이 나타난 날. 나의 세계가 멸망으로 치닫게 된 시발점이었지."

적시운의 눈빛은 아련했다.

"뭐, 너나 내가 태어나기 한참 전의 일이지만 말이야."

"대체 무슨 말을 하고 싶은 거냐?"

"그렇게 뾰족하게 굴 것 없잖아? 잠시 옛 추억에 잠겨보자고."

"과거의 기억들은."

적시운이 씹어뱉듯 말했다.

"추억이라는 미명하에 미화될 수 없는 것들뿐이었어."

"아, 그건 동감."

"네가 그렇게 만든 거다. 네가 이 세계에 마수들을 풀었고 수억 명의 인간을 죽음으로 몰아넣었다고."

"하지만 너는 가족들과 오붓한 시간을 보낼 수 있었잖아."

"오붓하다고? 하루하루 살아남는 것조차 벅찬 나날을? 내가 염동술사가 아니었다면 우리 가족은 벌써 오래전에 굶어 죽었을 거다!"

"하지만 그러지 않았지. 너에겐 염동력이라는 재능이 있었으니까."

"설마 그 능력을 네놈이 줬다고 말하려는 거냐?"

"흠. 꽤나 괜찮은 추리로군. 이건 어때? 사실 내가 네 아버지라면?"

"개소리!"

"그래, 확실히 이건 좀 개소리군. 사과하지. 농담이 과했어. 그래도 날 너무 미워하진 말라고. 비록 다른 차원 사람이라지만 어머니한테까지 손을 댈 만큼 버러지는 아냐."

"……."

"어쨌든 중요한 점은 이거다. 힘겹고 더러운 시간이었지만 네겐 그래도 가족들이 있었다는 것. 어머니가 있고 수린 누나가 있고 세연이가 있었다는 것. 그리고……."

적시운은 젖은 눈으로 말을 이었다.

"그 힘겨운 날들을 견뎌내고 난 지금은, 네게 남은 것은 행복한 미래라는 것."

적시운은 뿌득 이를 악물었다.

대체 무슨 심정으로 저런 말을 태연히 지껄일 수 있는지 이해할 수가 없었다.

"그래서 네놈더러 고마워하라는 거냐? 이 세상을 엉망진창으로 만들어 줘서? 인류의 절반을 몰살시키고 세상의 태반을 방사능으로 오염시켜 줘서?"

"아니, 나더러 고마워하라는 게 아니다."

적시운은 씁쓸히 말했다.

"동정해 달라는 거지."

적시운이 주먹을 불끈 쥐었다.

점입가경.

이제는 놈이 대체 무슨 말을 하고 싶은 건지도 알 수가 없었다.

"동정해 달라고? 네놈을?"

"그래, 너는 날 동정해야만 해."

"……설마 마수들을 불러들인 것이 네가 의도한 일이 아니었다고 말하려는 거냐?"

"전혀. 그건 철저히 내 의지로 행한 일이었다."

"그렇다면 대체 무엇 때문에? 어째서 내가 널 동정해야 하는 거지?"

"나에겐 없었으니까."

주르륵.

적시운의 오른쪽 눈에서 눈물 한 방울이 흘러내렸다.

"가족들과의 추억이나 행복 따위는, 내게 없었으니까."

4

서기 2097년 7월 13일.

최초의 차원 게이트가 지구상에 나타났다.

이어진 것은 마수들의 침공.

상상 속에나 존재할 것 같았던 갖가지 괴물들이 인류 문명을 유린했다.

인간을 상회하는 육체 능력.

방사능 면역을 넘어 피폭당할수록 되레 강대해지는 특수 체질.

그리고 무엇보다도, 압도적이며 막대한 물량.

마수들은 단숨에 전 세계를 집어삼켰다.

범지구적 침공에 모든 국가가 속절없이 짓밟혔다.

인류가 가까스로 반격 태세를 갖췄을 땐 세계 인구의 절반이 소멸한 뒤였다.

문명 수준이 1세기 이상 퇴보해 버렸을 정도.

단 1년 만에 일어난 사태는 멸망의 공포를 심어놓았다.

"차이점이 있다면 놈들의 공세가 조직적이지 않았다는 점이지."

차원 게이트는 전 세계에 골고루 뿌려졌다.

그렇다는 것은 곧, 막강한 군사력을 갖춘 강대국일수록 그나마 저항할 구색을 갖출 수 있었다는 의미.

반대로 약소국들은 철저히 난도질을 당했다는 뜻이었다.

"한국은 비교적 사정이 좋았지. 하지만 그것은 마수들도 마찬가지였어. 이쪽 세계에서라면 미국에 집중됐을 병력이 그만큼 다른 국가에 배치된 셈이니까."

"……"

"다시 말해 한국을 침공한 마수들 또한 그만큼 더 많고 강했다는 뜻이다. 뭐, 엄밀히 말하자면 이쪽 차원의 한국이 더 운이 좋았다고 해야겠지."

적시운은 흐르는 눈물을 손으로 훔쳤다.

"이제 알겠나? 너는 내게 고마워해야 해. 내가 아니었다면, 내가 조직적으로 마수들을 이끌지 않았다면 우리나라가 그만큼 더 유린당했을 테니까."

적시운은 이를 악물었다.

"그렇다는 건, 그로 인해 더 많은 미국인이 죽었다는 뜻이 잖아."

"그러니 내게 고마워해야지! 소중한 가족들이 살해당하는 대신 생면부지의 양키 새끼들이 뒈져 나갔으니까! 네가 사랑하는 사람들 대신 어떻게 살든 알 바 아닌 놈들이 죽었으니 말이다!"

어처구니없는 논리에 적시운 역시 악에 받쳤다.

"미친 새끼! 애초에 네놈이 차원 게이트를 열지 않았으면 아무도 죽지 않았어!"

"내가 열지 않더라도!"

적시운의 음성이 쩌렁쩌렁 울렸다.

충혈된 눈으로 몸을 부들부들 떨던 그가 심호흡을 하며 노기를 가라앉혔다.

"누군가에 의해 차원 게이트는 열린다. 그게 세상의 운명이라는 거야. 아무도 바꿀 수 없는, 신의 이름 아래 정해진 결말."

"……."

"모든 것의 시발점은 미국이었다. 최초의 핵 실험 이후 개시된 극비 프로젝트. 시발점은 버뮤다 제도였지. 1945년. 사라진 비행정과 함선들. 차원 이동의 단초가 잡힌 것은 그로부터 150여 년 후였지."

"2097년……!"

"내가 열지 않았다면 그들이 문을 열었을 거다. 실제로 내 세계에서 그렇게 됐으니까. 때문에 내가 개입할 수밖에 없었다. 그러지 않는다면 똑같은 미래가 반복되고 말 테니까!"

"……."

"속 편하게 원래 세계로 돌아온 네놈과 달리, 나는 이 세계에 남았다."

고개를 푹 숙인 적시운이 우울한 미소를 지었다.

"천마는 내 뜻을 이해하고 교감해 주었지. 그럴 수밖에. 그저 네놈의 몸뚱이에 갇혀 있을 뿐인 그쪽 천마와 달리, 나와 천마는 진정한 하나가 되었거든."

"진정한…… 하나라고?"

"그렇다. 우리는 완벽한 하나가 되었지. 천마가 곧 적시운이고 적시운이 곧 천마인 경지!"

[물아일체(物我一體)의 영역에 들어섰군.]

내내 침묵하던 천마가 침음을 흘렸다.

[외물(外物)과 자아, 객관과 주관이 하나가 되는 경지……. 일반적인 관점에선 궁극의 경지라 할 수 있지만, 격체신진술을 기준으로 할 때는 결코 아닐세.]

'잘은 모르겠지만, 어쨌든 좋지는 않다는 거지?'

[당연하지. 어느 날 갑자기 다른 사람이 되어버렸다고 생각해 보게.]

'다른 사람……이라.'

[기억은 혼재되었고 이것이 꿈인지 현실인지조차 헷갈리게 되네. 호접지몽에 대해선 자네도 알 테지?]

적시운은 고개를 끄덕였다.

천마를 향한 대답이었으나, 눈앞의 적시운은 그것을 자신에 대한 동감으로 해석한 듯했다.

"너 역시 이해하고 있군. 내가 너보다도 훨씬 고차원적인 영역에 들어섰다는 것을."

적시운은 놈의 말을 무시한 채 머릿속 천마에게 집중했다.

[원래의 기억이 진짜 기억이었는지, 원래의 삶이 실제 있었던 일이었는지조차 알 수 없게 되는 것이야.]

'……'

[본좌가 철저히 자네와 별개로 남은 것은 그 때문일세. 설령 자네가 본좌의 기억을 떠올리더라도, 그것이 적시운이 아닌 천마의 기억이었다는 인식. 그 인식이 있기에 자네의 자아가 붕괴되지 않는 것이니 말이야.]

천마의 어조에 확신이 담겼다.

[자네 앞에 있는 것은 괴물일세. 더 이상 적시운도, 천마도 아닌. 놈의 목적이 무엇인지는 몰라도, 결코 자네에게 이로운 일은 아닐 것이네.]

'알고 있어.'

적시운은 마음속으로 대꾸했다.

굳이 천마의 조언이 아니더라도, 눈앞의 존재가 위험하다는 것쯤은 충분히 느낄 수 있었다.

하지만 지금 당장 덤벼들 순 없었다.

앞선 공방으로 깨달은 일.

본신의 능력은 저쪽이 자신을 앞서고 있었다.

우선은 놈의 목적을 캐내는 한편 약점과 맹점을 찾는다.

적시운은 그렇게 마음을 굳혔다.

"너와 내가 겪은 경험은 상당히 많은 차이가 있었던 것 같군."

"그렇다."

적시운이 고개를 들었다.

촉촉이 젖어 있는 눈동자가 아련히 허공을 훑었다.

"마수들은 한반도 전토를 유린했다. 북한은 이쪽 세계보다도 빠르게 멸망했지. 사정이 개 같은 건 우리나라도 마찬가지였다. 서울, 부산, 인천, 광주…… 모든 대도시가 마수들에게 짓밟혔어. 매일 매일이 공포였다. 내일 펼쳐질 것은 또 다른 지옥이고 휴식은 악몽의 연장선에 불과했지."

"……세연이는, 누나는, 어머니는 어떻게 되었지?"

"죽었다."

나직이 대꾸한 적시운이 허탈한 웃음을 터뜨렸다.

"엄마나 누나는 그나마 사정이 나았어. 엄마는 무너지는 건물에 깔렸고 누나는 마수들에게 습격당했거든. 고통조차 느낄 새가 없었을 거야. 엄마는 말할 것도 없고, 누나는 단숨에 짓밟혀 죽었으니까."

"……."

"세연이를 죽인 건."

뿌득.

이를 가는 소리가 고막을 찌르듯 울렸다.

"마수도 건물 잔해도 아니었어. 방사능이나 폭탄, 총알도 아니었지."

적시운은 그만하라고 말하고 싶었다.

어쩌면 자신에게 벌어졌을지도 모를 미래.

자신이 겪었을지도 모를 경험을 듣는다는 것 자체가 견디기 힘든 일이었기에.

하지만 동시에 놈을 멈추게 할 수 없다는 것을 알고 있었다.

또 다른 세상의 적시운에게 있어, 자신의 이야기를 털어놓는 것은 일종의 복수이기도 했으니까.

놈은 결코 말하길 멈추지 않을 터였다.

"인간. 약탈자들. 굶주린 수컷들이었다. 하필 내가 사냥을 나간 사이에 세연이 앞에 나타났지. 놈들은 잔뜩 굶주려 있었다. ……여러 가지 의미로."

적시운은 자기도 모르게 주먹을 불끈 쥐었다.

본능적으로 같은 존재이기 때문일까.

또 다른 자신의 분노가 고스란히 뇌리를 파고드는 것 같았다.

그 순간 두 명의 적시운은 같은 감정을 공유하고 있었다.

"처음엔 순결, 그다음은 살결이었다. 문자 그대로 말이야. 무슨 뜻인지 알겠어?"

손을 든 적시운이 무언가를 입가로 가져가는 시늉을 했다.

이윽고 허공을 물어뜯고는 질겅질겅 씹는 적시운.

그것을 보던 적시운은 자기도 모르게 몸서리쳤다.

"인간은, 미치도록 굶주린 인간은 그럴 수가 있더군."

"그만……."

"놈들은 배가 불렀고 내 능력을 경계하고 있었다. 그제야 알았지. 며칠 전에 잠깐 마주쳤던 무리라는 것을. 놈들은 꿈에도 모르는 눈치더군. 조금 전 자신들이 먹어치운 여자애와 내가 어떤 관계인지."

"그만하라니까."

"배가 부른 까닭인지 인심도 후해져 있더군. 리더 격의 놈이 남은 고기를 선물이라는 듯 내미는 거야."

피눈물이 뺨을 타고 흘러내렸다.

과거를 응시하는 적시운의 눈동자는 파충류의 그것처럼 축소되어 있었다.

"웃기는 게 뭔지 알아? 이제는 얼굴조차 가물가물하다는 거야. 세연이도, 엄마도, 누나도…… 그런데 그 기억만은 지금도 잊을 수 없어. 인심 쓴다는 듯 웃으며 내게 익은 살점을 내밀던 그놈의 낯짝. 그게 머릿속에 박혀선 도무지 사라지지 않더군."

"……."

적시운이 무거운 한숨을 토했다.

극한까지 격앙되었던 그의 태도가 삽시간에 착 가라앉았다.

마치 인격이 뒤바뀐 사람처럼.

"그다음은 네가 겪은 일과 거의 같다. 운 좋게 정부 소속 특무 요원이 되었고, 중국이 주도한 모종의 실험에 차출되었지. 그리고…… 차원을 넘어가 천마를 만났다."

적시운이 희미한 미소를 머금었다.

"넌 결코 이해할 수 없을 거다. 이쪽 차원이 원래 차원보다 수백 년 뒤처진 지구라는 걸 알았을 때의 내 심정. 다시 모든 것을 시작할 수도 있다는 걸 알았을 때의 내 감정을."

"……."

"천마는 내 구세주였지. 그와 하나가 됨으로써 모든 것의 가능성이 열렸다. 나는 고금 최강의 무인이었고, 수백 년을 살아갈 비술까지 익히고 있었지."

"네게 인생을 바친 여자도 곁에 있었고."

"설천녀 말인가? 아, 그래. 그녀도 곁에 있었지."

적시운이 피식 웃었다.

마치 재미있는 장난감이라는 양.

"좋은 여자였어. 이것저것 시키는 대로 잘 따라주었지. 그녀에겐 꽤나 많은 도움을 받았단 말이야."

"넌 평생 동안 그녀를 속였어."

"속인 적은 없어. 몇 가지 말하지 않았을 뿐."

"그녀는 평생 네가 천마일 거라 생각하고 살았다."

"나는 천마야. 동시에 적시운이기도 하지. 나는 설천녀를 사랑했다. 다만 그보다 좀 더 욕구가 강했을 뿐이야. 내 가족, 엄마와 누나와 세연이를 다시 만나고 싶다는 욕구가."

적시운의 눈동자에 다시금 광기가 깃들었다.

"신중하고 조심스러워야만 했어. 수백 년에 걸친 대계(大計)를 성공시켜야만 했거든. 가능한 내가 알고 있던 세상의 역사와 일치시켜야 했고, 무엇보다도 네가 제때 탄생해야만 했지. 그걸 위해 내가 들인 노력이 어느 정도일지, 너로선 상상도 할 수 없을 거다."

"그 사실에 내가 고마워하기라도 할 거라고 생각해?"

"감사 따윈 바라지도 않아. 오히려 내가 고맙지. 네가 무사히 태어나 주었고, 훌륭히 나처럼 성장해 주었으니."

적시운은 오싹한 한기를 느끼며 이를 악물었다.

"난 결코 네놈처럼 성장하지 않았어."

"그런 오기와 날 선 태도까지도 날 꼭 닮았단 말이지."

적시운이 웃으며 대꾸했다.

마치 훌륭하게 장성한 아들을 대견스레 바라보는 아버지처럼.

"가장 두려웠던 부분은 마수 침공의 역사를 바꾸는 일이었다. 자칫 차원 게이트가 미국에 집중됨으로써, 나비 효과로 인해 한국이 영향받지 않을까 걱정됐거든."

"……."

"하지만 다행히 그렇게 되진 않았어. 어머니는 원래대로 아버지를 제때 만나 결혼했고, 누나와 너와 세연이를 낳았지."

적시운은 울 것 같은 얼굴로 말을 이었다.

"그 모든 것을 지켜보며, 얼마나 신께 감사했는지 모른다."

"……!"

5

묵직한 충격이 적시운의 뇌리를 강타했다.

"전부…… 지켜보고 있었다고?"

"그래, 초고성능 군사 위성에 초소형 무인 드론에 이르기까지, 모든 수단을 동원해 너와 가족들을 관찰해 왔지. 네가 강해진 다음엔 그것도 어렵게 됐지만."

"……!"

"뭐 이상할 게 있나? 나는 네 아버지의 아버지, 그 할아버지의 증조할아버지가 태어나기 이전부터 고금제일인이었다."

너무나 당연하다는 태도로 중얼거리는 적시운.

적시운은 할 말을 잃은 채 그런 자신을 노려봤다.

"뿐만 아니라 세계 최고의 거부인 동시에 모든 권력의 배후 실세이기도 했지. 뭐, 몇 번은 나도 예상하지 못한 사건이 터지기도 했지만 말이야."

적시운의 미소가 한층 은근하고 깊어졌다.

"그런 내가, 쥐뿔도 가진 것 없는 일개 소시민에 불과한 너희 가족을 몰래 지켜보는 게 어려울 리가 없잖아?"

"미친놈……!"

"그렇게 말하지 마. 내 안배가 없었다면 너와 가족들은 좀 더 고생했을 거야. 엄마와 누나, 세연이 모두가 살아남을 수 있었던 건 내 덕택이나 다름없다고."

적시운은 이를 악물었다.

설령 그렇다 하더라도 놈에게 고맙다고 말하고 싶진 않았다.

하지만 그런 반감과는 별개로, 놈의 말이 옳다는 것은 인정할 수밖에 없었다.

한국 정부에 발탁되기 전.

셀 수도 없이 겪었던 위기들 중, 천운이 따른 덕택에 간신히 넘긴 것들이 제법 되었던 것이다.

'만약 그게 놈의 덕택이라면……'

적시운은 놈을 노려봤다.

가능하다면 당장 죽이고 싶을 만큼 증오스러운 상대.

하지만 그 덕분에 자신과 가족들이 무사할 수 있었다.

그 소름 끼치는 아이러니에 적시운은 미칠 것만 같았다.

적시운이 내쳐 말했다.

"그다음은 너도 알고 있는 대로야. 너는 신북경에서 벌어지는 실험에 차출되어 가족들을 떠났지."

"……."

"사실 내 원래 계획은 거기까지였어. 네가 사라졌으니, 내가 가족들에게 돌아가 네 행세를 하면 그만이었거든. 사실 그렇잖아? 다른 차원에 갇힌 너 따위야 알 바 아니지."

"그렇게 잘났으면 그 계획대로 하면 될 것을, 왜 내가 돌아오길 기다렸지?"

적시운이 주춤했다.

그의 얼굴에 일순 미묘한 경직이 스쳐 지나갔으나, 이내 미소가 그 자리를 채웠다.

"마음의 준비가 좀 필요했거든. 그렇잖아? 감동의 가족 상봉이 될 텐데, 기왕 할 거라면 제대로 해야지."

"남의 가족을 빼앗으려 한 주제에 말이군?"

"남의 가족이 아니다. 내가 바로 적시운이니까."

"너는 내가 아니야."

"닥쳐!"

쩌렁쩌렁한 사자후가 허공을 흔들었다.

악귀처럼 얼굴을 일그러뜨린 적시운이 짐승처럼 씩씩거렸다.

"네놈이 돌아오지만 않으면 될 일이었어. 그러면 모든 게 완벽하게 마무리되는 건데, 하필 그때 네놈이 돌아왔다고! 내 나라에! 내 도시에 말이다!"

"그럼 죽이지 그랬어? 잘나신 황제께 인간 하나쯤 죽일 방법따윈 넘치고도 남았을 텐데 말이야."

"내가 마음만 먹었다면 그랬겠지! 지금도 그렇고! 네깟 놈을 죽일 여력 따위는 이 도시에 바글거리는 사람 새끼들보다도 넘쳐 난다. 그러니 좀 닥치고 들어!"

결코 정상적이라 할 수 없는 격앙된 반응.

놈이 미쳤다는 천마의 말이 옳았다.

적시운은 혐오감과 동정을 함께 느끼며 또 다른 자신을 바라보았다.

시뻘건 얼굴로 씩씩대던 적시운이 두 손으로 얼굴을 감쌌다.

"죽일 수 있을 리가 없잖아. 너는 곧 나인데. 내 손으로 나를 어떻게 죽이라는 거야?"

"다른 사람들은 셀 수도 없이 학살했으면서?"

"내 알 바 아닌 놈들이니까."

무감정하게 대꾸한 적시운이 가면 같은 미소를 지었다.

"됐으니까 듣기나 해봐. 그래서 난 계획을 변경하기로 했어. 너와 나, 우리 모두에게 해피엔딩이 될 수 있는 궁극의 계획을 말이야!"

"개소리."

"이건 결코 개소리가 아니야. 다 듣고 나면 너 역시 이해하게 될 거다. 이해하는 것을 넘어 내게 키스라도 퍼붓고 싶어질걸?"

"……."

"계속 얘기하지. 되돌아온 너는 기가 막힐 정도로 약하고 초라하더군. 조심성도 없고 멍청하기 짝이 없었어. 대체 왜 곧바로 돌아온 거지? 기왕 돌아올 거라면 중원에서 힘을 좀 더 기른 다음이라도 좋았잖아?"

"그랬으면 아슬아슬하게 열려 있던 차원 게이트가 닫혀 버렸을 테니까."

적시운이 냉랭히 쏘아붙였다.

"그러면 나는 그쪽 차원에 갇혀 버렸겠지. 결국 네놈만 좋았을 것 아닌가?"

"아, 그래. 그럴 수도 있겠군. 나였다면 직접 차원 게이트를 열어 돌아왔겠지만, 네게 그런 것을 기대할 순 없겠지."

"……."

"어쨌든 그 과정에서 제법 많은 사람과 인연이 얽히더군. 그

과정이 꽤 매력적이었다는 건 부정하지 않겠어. 어쩌면 내가 이런 삶을 살았을 수도 있겠다고 생각하니 제법 몰입이 되더라고."

"그래서 날 계속 감시했다는 거냐? 무슨 관음증 환자처럼?"

"입조심해. 내가 조금만 마음을 독하게 먹었어도 넌 죽은 목숨이었어. 단순히 네놈이 운이 좋아서 강적들을 피해 무럭무럭 성장할 수 있었는 줄 알아?"

"미안하지만 그 사실엔 조금도 고마움을 느끼지 않아."

"흥."

가볍게 코웃음을 친 적시운이 말을 이었다.

"어쨌든 너는 우여곡절을 겪으며 성장해 나갔지. 매카시를 처치하고 황혼의 순례자마저 해치웠을 땐 제법이다 싶더군. 뭐, 여전히 나와 비교하기엔 턱없이 부족했지만."

"……."

"그때부터 하나의 시나리오를 떠올리게 됐다. 세상을 침공한 마수들과 그에 맞서는 인간들. 그리고 그들을 승리로 이끄는 구원자의 이야기를 말이야."

"대체 어째서?"

"어째서냐고? 하!"

적시운이 신경질적인 웃음을 터뜨렸다.

"물론 그게 최선이기 때문이지! 마수들을 일망타진하고 가족에게로 돌아가기 위해서 말이야."

"일망타진한다고? 네 수족이나 다름없는 마수들을?"

"자꾸 멍청한 소리를 지껄이는군! 내가 그 버러지들에게 일말의 애정이라도 가졌으리라 생각하는 거냐?"

적시운의 두 눈이 증오와 분노로 이글이글 타올랐다.

"놈들은 내 세계를 유린했다. 놈들이 내 가족들을 앗아갔어! 나는 놈들은 인간만큼이나 증오한다. 그래서 다 쓸어버릴 거야. 다시는 내 세계에 간섭하지 못하도록!"

"……."

"잠시 후에 지구상의 모든 차원 게이트를 개방할 거다. 마수들의 총공세가 시작될 테고 인간들은 간신히 맞서게 될 거다."

적시운의 동공이 흔들렸다.

"전 세계의…… 차원 게이트라고?"

"그래, 수십 년도 전에 깔아놓은 것들이지. 설마 내가 그 정도 준비도 안 했을까? 이 싸움은 애초에 너희가 이길 수 없는 일전이었어."

차갑게 웃은 적시운이 말을 이었다.

"인류의 힘만으로 마수들을 당해내는 건 무리다. 수많은 이가 죽을 테고 살아남은 자들도 극한까지 몰릴 거야."

"미친……!"

"그렇게 인류의 명운이 경각에 달했을 때, 돌연 구세주가 나타나는 거다. 황제이자 천마, 마수들의 수괴인 아포칼립틱 데몬 로드를 쓰러뜨린 자. 인류의 구원자인 너, 적시운이 말이다!"

적시운이 무대 위의 광대처럼 두 팔을 벌려 보였다.

"전세는 역전된다. 우리의 힘이라면 어렵잖게 뒤집을 수 있어. 게다가 이때를 대비해 차원 게이트에도 안배를 해두었지. 그 괴물 새끼들에겐 애초부터 승산이 없었던 거야."

적시운은 모골이 송연해지는 기분이었다.

마치 세상 모든 것이, 놈이 오래전에 정해놓은 대로 흘러갈 것만 같았다.

"그다음은 상상할 수 있겠지? 마수들은 싹 뒈지고 인류는 구원받는다. 나머지는 너를 기다리는 가족들과 부하들, 그 외의 계집들이겠지."

적시운은 킥킥거리며 웃었다.

뭐가 그리 우스운지 눈물까지 훔칠 정도였다.

"더할 나위 없는 해피엔딩이라고! 마수들도, 네게 대적하는 잡것들도 모조리 사라진 세상. 오직 끝없는 행복만이 남은 삶이 너를 기다리는 거다!"

유혹하는 악마처럼 적시운이 손을 내밀었다.

"내가 그런 삶을 네게 줄 수 있다. 오직 하나. 네가 동의하기만 한다면. 네가 내 손을 맞잡기만 하면 돼!"

"내가 네 손을 맞잡으면, 그다음은 뭐지?"

"이미 네가 경험해 보았던 일이 반복될 거다."

적시운은 웅변하듯 말했다.

"두 사람의 적시운이 하나가 된다. 공전절후의 존재. 가장 완벽하며 강대한 존재가 탄생하는 거지. 뭐, 그 힘을 시험할 상대가 없다는 점은 좀 아쉽지만 말이야."

"……."

"아, 너무 걱정하진 마. 내 의식이 너를 집어삼키거나 하진 않을 테니. 말 그대로 우리는 하나가 되는 거야. 너와 나, 그런 개념조차 사라지고서 남는 것은 오직 우리뿐일 거다."

"네 말이 거짓말인지 아닌지 어떻게 믿지?"

"아, 좀! 뇌가 달렸으면 생각이란 걸 좀 하라고!"

적시운이 답답한 듯 짜증을 냈다.

"내가 너를 죽이고자 마음먹었다면 얼마든지 그럴 수 있었어. 지금도 마찬가지고! 내가 널 죽이려 들면 네깟 게 과연 몇 분이나 버틸 수 있을 것 같아?"

"그거야 해보지 않으면……."

"모른다고? 모를 거라고? 그래서 네놈이 안 된다는 거야!"

적시운이 미친 듯이 고래고래 소리쳤다.

"30분이다! 넉넉잡아 30분이면 네 팔다리를 모조리 뽑아버리고 눈구멍에 오줌을 갈겨줄 수 있어. 어떻게 아냐고? 내가 너보다 훨씬 강하니까! 나는 너의 모든 것을 꿰뚫어 보고 있으니까!"

촤아아악!

연신 광기를 터뜨리는 적시운의 등 뒤로 시커먼 기운이 날개처럼 펼쳐졌다.

수라강기로 이루어진 여섯 장의 날개.

천공으로 뻗어 오른 날개가 하늘을 가득 채워선 도시를 어둠속에 몰아넣었다.

적시운조차 단번에 압도되어 버릴 듯한 힘.

그러나 적시운은 이내 그 기운을 거두었다.

"봤지? 싸워봤자 너만 개죽음을 당할 뿐이야. 그렇더라도 난 상관없어. 엄마와 누나, 세연이한테 돌아가면 되니까."

"……."

"이질감을 느낄 수는 있겠지. 하지만 그것도 잠시뿐이야. 조금만 지나더라도 가족들은 나를 너로 받아들일걸?"

적시운이 다시 손을 내밀었다.

"너도 그건 싫겠지? 그러니 모두에게 윈윈이 되는 길로 가자고. 내 손을 잡아. 나와 하나가 돼. 그러면 나는 네게 세상을 선물하겠다. 네가 바라는 모든 것을!"

"……."

"차수정이라 했던가? 그년을 떠올려 봐. 네놈을 좋아하는 모든 계집을 생각해 보라고. 그중 하나를 빼고는 제대로 맛도 못 봤잖아? 그년들을 두고 뒈지는 건 싫지 않아?"

광기 그 자체.

손을 내민 적시운의 모든 것이 미쳐 돌아가고 있었다.

'어째서?'

놈의 말마따나 짜증 나니 죽여 없애면 그만이다.

약간의 혼란이야 있겠지만 금방 가라앉을 터.

자신의 일거수일투족을 관찰해 왔다면 흉내 내는 것도 어렵지 않을 것이다.

죽여 없애고 자신이 그 자리를 대신하는 게 훨씬 쉽고 확실한 해결책이다.

그런데도 놈은 융합을 바라고 있었다.

끈질기고 집요하게 적시운을 설득하려 들고 있었다.

'대체 어째서?'

6

답은 그 어느 곳도 아닌 눈앞에 있을 터.

적시운은 적시운의 손을 물끄러미 내려다봤다.

굳은살 가득한 자신과 달리 깨끗하기 그지없는 손.

조금 전에 반로환동을 했으니 그럴 수밖에 없었다.

마지막으로 한 고생이라 해봐야 수백 년 전 일일 터.

돌아온 이후의 1년간 갖가지 경험을 겪은 자신과는 다를 수밖에 없었다.

'놈은 내가 아니다.'

적시운은 천천히 시선을 올렸다.

그러고 보면 거울을 마주 보는 것 같던 외관에도 차이가 많았다.

그간의 사투와 경험으로 인해 생겨난 세세한 흉터나 상흔이 놈에겐 없었다.

피부색도 마찬가지.

햇살에 그을려 희미한 갈색을 띠고 있는 자신과 달리 놈은 조각상처럼 창백했다.

"이제는 이유를 알 것 같아."

적시운이 나직이 운을 떼었다.

"생각해 보면 너는 아직 단 한 번도 명확하게 대답하지 않았지. 그렇게나 간단한 질문에 대해서 말이야."

"뭐라고?"

"왜 나와 융합해야 하는지. 죽여 없앤다는 간단한 선택지를 내버려 둔 채, 왜 나를 애써 설득하려 하는지."

"지겹도록 말했잖아. 그건……."

"두려웠기 때문이야."

적시운이 멈칫했다.

짜증을 표출하려던 그의 표정이 얼어붙은 듯 경직됐다.

"두려워한다고? 내가?"

"그래."

적시운은 한마디로 단언했다.

"어설픈 자기애 따윈 집어치워. 내가 너이기 때문에 죽이지 않았다고? 개소리!"

적시운이 한 걸음을 내디디며 말을 이었다.

"나는 그렇게 인정 넘치는 놈이 아냐. 내가 네놈 입장이었다면 두말 않고 없애려 들었을 테니까. 실제로도 그랬고."

"그건 네 녀석이……."

"넌 두려웠던 거다."

말을 끊긴 적시운이 이를 악물었다.

지금까지와는 다른 당혹감이 그의 얼굴에 떠올라 있었다.

"내가 돌아와서 계획이 꼬였다고? 내가 돌아온 건 10년 뒤였어. 이 세상에서 사라진 지 무려 10년이나 지난 후였다고. 그동안 내 행세를 하며 가족들에게 돌아갈 시간 따윈 넘치고도 남았어. 한데 넌 그러지 않았지. 두려웠기 때문이다."

"……."

"변해 버린 네 자신을 보여준다는 게. 다시 만난 가족들이 네 기억 속의 모습과는 다를지도 모른다는 게. 순수한 그들의 눈에 뼛속까지 피칠갑을 한 네가 어떻게 보일지가."

잠시 뜸을 들였던 적시운이 말을 이었다.

"그게 두려웠던 거다."

"……."

"오랫동안 나와 가족들을 관찰해 왔다고 했지? 그 잘난 군사 위성과 첨단 장비를 동원해서 말이야. 그러는 동안 깨달았겠지. 모니터 너머의 저 사람들은 너와는 완전히 다른 세상의 존재들이라는 걸. 미치광이 살육마가 되어버린 너와는 본질적으로 다를 수밖에 없는 이들이라는 걸."

"그 입 닥쳐."

"그러니 직접 대면할 수 없었겠지. 네놈은 이미 괴물이 되어버렸으니까. 관음증 환자처럼 몰래 숨어 관찰하는 것에 길들여졌으니까."

"닥쳐!"

적시운이 재차 사자후를 터뜨렸다.

도시 전역이 파르르 떨릴 정도의 내공.

바로 앞에 있던 적시운에게도 상당한 타격이 갔지만, 그는 이를 악물고서 버텨냈다.

"그래서 나와 융합할 필요가 있는 거야. 천마와 그랬던 것처럼 말이지. 가족들과 직접 지냈던 내 기억과 감정들을 네 것으로 만들어야만 너를 붙들고 있는 공포를 떨쳐 낼 수 있을 테니. 그래야 겁먹지 않고서 세연이와 누나, 엄마 앞에 설 수 있을 테니까."

"닥쳐! 제기랄! 그 입 닥치란 말이다!"

적시운이 고래고래 소리쳤다.

발을 구르고 양팔을 미친놈처럼 휘저어댔다.

그럴 때마다 대지가 요동치고 광풍이 몰아쳤지만, 그 어느 것도 꼿꼿이 선 적시운을 흔들지는 못했다.

"어찌 보면 너도 참 딱하기 짝이 없는 놈이야. 이역만리에 고독한 요새를 쌓아두고, 어느 누구와도 어울리지 못한 채 얼굴도 모르는 이들의 왕 노릇이나 하고 있었으니."

"그 입 닥치라니까!"

"네가 말했지? 어떻게 살든 알 바 아닌 놈들이라고. 생면부지의 양키들이라고. 하지만 최소한 그들에게는 그들 자신만의 삶이 있다. 그런데 너는 뭐지? 황제랍시고 앉아 있으면서 네 백성을 세뇌시켜 왔지만, 결국은 네 곁에 있어줄 사람 하나 없잖아?"

"죽여 버릴 테다!"

적시운이 체내의 내공을 송두리째 끌어올렸다.

무지막지한 힘의 폭주로 인해 육체가 크게 부풀었다.

혈관을 타고 흐르는 수라강기로 인해 피부색이 검게 물들었다.

어깻죽지를 타고 치솟던 수라강기는 그대로 날개의 형상으로 굳었다.

차르륵!

아수라 같은 얼굴을 하고서 강기의 날개를 펼친 모습은 악귀 그 자체.

판데모니엄을 홀로 정벌하여 아포칼립틱 데몬 로드의 칭호를 차지해 낸 존재다운 외관이었다.

"이젠 아무래도 좋다. 좋게 얘기를 해도 들어 처먹질 않는다면 힘으로 나가는 수밖에!"

"언제는 죽일 수 있을 리가 없다더니?"

"아가리 닥쳐! 그래, 네놈 말이 맞다. 나는 괴물이다. 그 말을 듣고 싶었나? 실컷 듣게 되어서 좋겠군! 내가 바로 천마. 아포칼립틱 데몬 로드. 이 세상의 주인이다!"

찌렁찌렁한 포효가 세상을 흔들었다.

아포칼립틱 데몬 로드의 힘에 영향을 받은 듯 진한 먹구름이 하늘을 뒤덮기 시작했다.

"네 동의 따위 없어도 좋다. 목숨만 연명하는 수준으로 제압하고서 격체신진술을 써버리면 그만이야. 네 자아 따윈 조금도 남기지 않을 거다. 기억과 감정, 네 존재의 자취만 고스란히 집어삼키고 소멸시켜 주마!"

"훙. 이제야 본색을 드러내는군."

"하! 어차피 바뀌는 건 아무것도 없다. 네 기억만 있으면 네놈 행세를 하는 것쯤은 문제도 아냐. 원래의 계획에도 변동은 없다. 너는 여기서 뒈져 버리고, 내가 네놈 행세를 하며 세상의 구원자로 살아갈 것이다!"

"제국의 가짜 구원자 노릇을 했던 것처럼?"

"그래! 어차피 진실을 아는 놈은 없을 것이다. 네놈은 여기서 죽을 테고 난 아무에게도 오늘 일을 말하지 않을 테니!"

"아, 그래. 참 대단해. 멋진 계획이야. 근데 어쩌지?"

적시운이 무언가를 꺼내 보였다.

초소형 PDA.

아포칼립틱 데몬 로드에게 있어서도 익숙한 물건이었다.

"미네르바야. 차원 이동을 했을 적이나 지구에 돌아온 뒤에나 쏠쏠한 도움이 되어준 물건이지. 만능 기계라고 할 정도까진 아니지만, 꽤 유용한 능력도 많단 말이야. 예컨대 녹음 기능 같은 거."

"뭐……?"

"그리고 하나 더 말해주자면…… 네놈이 나와 가족들을 감시하는 데 써 왔던 위성들 중 하나가, 지금 우리 머리 위에 떠 있는 중이지."

"……!"

"조금 전까지."

적시운은 담담히 말했다.

"나눈 우리의 대화 전부가 전송되었다."

한때 제국의 군사 위성이었던 무닌(Munnin)은 평소보다도 더 높은 궤도를 유영하고 있었다.

그렇다 해도 데이터를 송신하는 데 있어 무리는 딱히 없었다.

무닌은 미네르바로부터 음성 데이터를 전송받았다.

동시에 초고밀도 광학 카메라로 실시간 촬영한 영상과 동기화시켰다.

마지막으로 완성된 영상 파일을 접속 가능한 모든 통신망에 공유했다.

네트워크에 접속 중이던 거의 모든 이들이 갑작스레 올라온 음성 파일을 다운로드했다.

클라리스와 올리버, 각국의 행정부, 북미 제국의 수뇌부, 그 외에도 일일이 셀 수 없을 만큼 많은 이.

그들 모두가 두 사람의 대화를 확인했다.

그리고 진실을 알게 되었다.

"하! 그게 뭐 어쨌다는 거냐!"

아포칼립틱 데몬 로드가 만면을 일그러뜨렸다.

"우리 대화가 전송됐다고? 그래서 뭐 어쩌라고? 오줌싸개 애새끼처럼 사람들한테 일러바쳤다 이거냐? 여기 나쁜 놈이 있으니 잡아가라고? 하하하하하!"

신경질적으로 웃던 그가 갑자기 웃음을 뚝 그쳤다.

"그깟 대화록 따윈 아무 의미도 갖지 못해. 내가 네놈을 먹어치우고 나면 어느 누구도 나를 의심하지 않을 거다. 그까짓 음성 파일 따위는 개나 소나 만들 수 있는 거고, 사람들 앞에선 나는 진짜일 테니까."

"설령 네가 나를 흡수한다고 해도."

적시운은 차갑게 쏘아붙였다.

"너는 결코 내가 될 수 없어."

"계속 그렇게 지껄여 봐라. 어차피 승리하는 것은 내가 될 테니!"

꽈르릉!

하늘을 뒤덮은 먹구름으로부터 검은 뇌광이 떨어져 내렸다.

뇌전이 작렬한 대지로부터 시공간의 왜곡 현상이 나타났다.

판데모니엄의 문, 차원 게이트가 열리는 순간이었다.

"앞으로 3시간! 그때까지 전 세계의 차원 게이트가 모조리 열릴 거다. 우선은 이곳부터!"

쿠구구구!

비틀린 공간으로부터 마수들이 쏟아지기 시작했다.

아포칼립틱 데몬 로드는 두 팔을 벌린 채 광소를 터뜨렸다.

"너무 걱정할 것은 없다. 놈들이 모두 쏟아져 나왔을 때쯤엔 네놈은 이미 흡수된 이후일 테니까!"

"그다음엔 마족들을 토사구팽하고 말이지?"

"흥! 왜, 그놈들에게도 그 알량한 녹음 파일을 들이댈 테냐? 그게 소용이 있을 것 같나? 저 빌어먹을 괴물 새끼들은 오로지 힘을 숭상한다. 내 속내가 어떻든 내가 마족들의 제왕인 이상은 나를 따를 거란 말이다!"

"그렇지만도 않던데?"

차원 게이트로부터 쏟아진 마수들이 주변을 에워싸기 시작했다.

하지만 그 살기는 적시운이 아닌, 아포칼립틱 데몬 로드를 향하고 있었다.

"무슨……?"

아포칼립틱 데몬 로드가 의아해하는 사이, 몇몇 마족이 두 사람 사이로 착지했다.

"바알, 아가레스, 바르바토스, 아스모데우스……."

판데모니엄 서열 최상위에 위치한 마인들.

그들을 하나하나 읊던 아포칼립틱 데몬 로드가 미간을 찌푸렸다.

"플라우로스."

놈이 배신했다는 것은 익히 알고 있었다.

그런 놈이 다른 마족들과 함께 서 있다는 사실의 의미 역시.

"적시운에게 부탁을 받은 게 바로 어제의 일이었지. 목숨을 내건 일이긴 했다. 배신자인 내가 옛 동지들을 찾아간다면 벌어질 일은 뻔했으니까."

플라우로스가 차분한 어조로 설명했다.

"다행히 이들은 내 이야기를 들어줬지. 적시운의 계획에 대해서도 말이야."

"계획이라고?"

"인간의 황제이자 마족들의 지배자인 당신의 속마음을 엿볼 기회가 있다. 적시운은 그렇게 말했다. 당신의 초대를 받았을 때부터 이렇게 되리란 것을 어느 정도는 예상했는지도 모르지."

아포칼립틱 데몬 로드가 홱 고개를 돌렸다.

적시운은 경악 어린 시선에 차가운 미소로 화답했다.

플라우로스가 말을 이었다.

"차원 게이트가 열리니 전파라는 것도 통하는 모양이더군. 조금 전까지 반신반의하던 이들도 마침내 진실을 알게 되었다. 당신과 적시운의 적나라한 대화를 고스란히 들은 덕분이지."

"멍청한 고양이 새끼! 내가 바로 적시운이다!"

"그렇게 생각하는 건 아마 당신뿐일 듯하군, 전직 판데모니엄의 지배자여."

"당신이 선사해 준 것들에는 감사를 느끼고 있지만."

판데모니엄의 마족, 바알이 입을 열었다.

"그렇다고 해서 멍청히 사냥개 노릇만 하다가 잡아먹히고 싶지는 않다."

"판데모니엄이 힘의 논리에 지배되는 곳이라 하여도 그것이 생존에 대한 의지까지 누를 수는 없는 법."

"인간의 황제여, 네가 바라는 게 우리의 소멸이라면."

또 다른 마족들, 아가레스와 바르바토스가 말을 이었다.

"우리는 모든 것을 바쳐 거기에 항거하겠다."

7

"항거하겠다고? 내게 대적하겠다고? 하!"

광소를 터뜨리는 아포칼립틱 데몬 로드.

그의 두 눈이 핏빛 안광을 폭사했다.

"건방진 것들! 주인이 던져 주는 뼈다귀나 핥아 먹던 개새끼들 주제에, 감히 누구에게 이빨을 들이대겠다고?"

"우리는 당신의 노예가 아니다."

아가레스가 대꾸했다.

인간의 형상을 빌리고 있는 그의 얼굴이 분노로 일그러졌다.

"지금까지는 그랬을지 몰라도, 이제부터는 아니다. 너는 철저히 혼자다. 지금까지도 그래 왔고, 앞으로도 그럴 것이다."

"많이 컸구나. 내 발밑에 엎드려 목숨을 구걸하던 버러지 주제에!"

"그날의 굴욕을 한시도 잊은 적이 없지. 평생을 잊지 못할 것이다."

아가레스가 손을 들었다.

크아아아!

그의 지배를 받는 헬 리자드(Hell Lizard) 군단이 갖가지 괴성을 토했다.

"그렇기에 더더욱 당신을 이 자리에서 쓰러뜨려야 하는 것이다!"

"애석하겠군! 네놈들 따위에겐 평생 불가능한 일일 테니!"

"우리들만이라면 그렇겠지."

쿠구구구.

멀리서부터 들려오는 또 다른 꽹음.

수도 라자루시안의 외곽에 배치되어 있던 수비군이었다.

앞서 붕괴될 때 텔레포트로 빠져나갔던 아킬레스가 텔레포트로 나타났다.

반색하려던 아포칼립틱 데몬 로드는, 그러나 그의 표정을 보고서는 이를 악물었다.

"설마 네놈도······?"

"이제는 이 죄악의 굴레를 끊을 때가 되었소."

아킬레스의 얼굴에 만감이 교차했다.

"황제여, 적시운을 데려오라는 명령을 받아들인 것은 당신에 대한 희망이 남아 있었기 때문이었소."

"희망이라고?"

"그렇소. 어쩌면 적시운과의 만남을 통해 제정신을 차릴지도 모른다는 희망. 과거의 악업을 떨쳐 내고 진정으로 이 나라를, 제국을 위해 살아가게 되리라는 희망 말이오."

아킬레스는 고개를 내저었다.

"하지만 그렇지 않더군. 오히려 내가 알게 된 것은 듣고 싶지 않았던 진실뿐이었소. 당신의 입에서 직접 흘러나온 이야기, 차마 입에 담을 수 없는 죄업 말이오."

"아킬레스 프레스터!"

"그렇기에 이럴 수밖에 없소. 더 이상은 당신의 존재를 용납할 수 없기에······."

아킬레스는 단호히 말을 이었다.

"우리는 오늘 이곳에서 아포칼립틱 데몬 로드를 처단할 것이오."

고립무원.

단 한 명의 부하도, 단 하나의 동지조차도 그에겐 남지 않았다.

자신을 제외한 세상 모두가 적으로 돌아선 상황.

그 철저한 고립감 속에서 아포칼립틱 데몬 로드는 처연히 웃었다.

"그래, 그렇단 말이지."

쿠구구구……!

사람들과 마족들의 낯빛이 변했다.

급변하는 공기.

사위를 잠식하는 무시무시한 존재감을 감지한 까닭이다.

"그렇다면 너희가 원하는 대로 해주지. 나는 신이 되겠다. 너희 모두에게 준엄한 심판을 내리는 파괴신이!"

홀로 남은 자는 하늘을 향하여 포효했다.

"내가 세상 위에 홀로 군림하겠다!"

번쩍!

한순간이었다.

아포칼립틱 데몬 로드로부터 수십 가닥의 수라강기가 동시다발적으로 폭사됐다.

각각의 강기 다발은 나선형으로 회전하며 주변을 포위하고 있는 개체들에게 쇄도했다.

콰가가가각!

살육의 복마전이 펼쳐졌다.

그 하나하나가 아수라 검계급의 위력.

각각의 다발들은 피아를 가리지 않고서 주변의 모든 것을 찢어발겼다.

힘을 억제할 필요도, 조준을 명확히 할 필요도 없었다.

어차피 자신을 제외한 모든 것은 적이었기에.

파괴신은 청량한 해방감 속에서 웃었다.

"그러니 다 뒈져 버려."

푸화아악!

약속이라도 한 듯 동시에 터져 나가는 마수들.

체액과 살점, 핏물과 내장이 어지러이 흩날렸다.

"너!"

탐랑을 쥔 적시운이 파괴신에게 쇄도했다.

이제는 적시운의 외형적 특징을 모조리 상실해 버린 존재, 파괴신은 강기의 날개를 활짝 펼친 채 적시운을 향해 마주 돌격했다.

"얌전히 흡수나 되어라!"

"개소리 집어치워!"

촤르륵!

두 줄기의 강기 폭풍이 서로를 향해 몰아쳤다.

탐랑을 매개체로 폭사된 아수라 검계, 그리고 두 개의 날개로부터 뿜어져 나온 파멸의 강기.

"큭!"

"물러나라!"

마족들이 소리치며 배리어를 전개했다.

아킬레스는 텔레포트로 자리를 피했다.

그 모든 혼란과 경악을 비웃듯 거대한 폭발이 발발했다.

팟!

반경 수백 m의 대지가 한순간에 증발했다.

그 안에 있던 개체들 중 90% 이상이 단숨에 소멸했다.

살아남은 것은 바알과 플라우로스를 비롯한 극소수의 마족
뿐이었다.

콰과과과!

맹렬한 후폭풍이 라자루시안을 후려갈겼다.

고층 건물들이 폭우 속의 모래성처럼 무너져 내렸다.

아스팔트 도로가 엿가락처럼 휘어 오르고 대지 곳곳이 균
열을 일으켰다.

사람들의 애처로운 비명은 파괴의 굉음에 파묻혀 버릴 따름.

도시의 모든 것이 파멸을 향해 치달았다.

"하하하하하!"

백색 화염을 헤치며 파괴신이 걸어 나왔다.

같은 순간, 적시운은 수 ㎞ 떨어진 건물의 잔해 속에서 허우

적거리고 있었다.

"그때보다도…… 강해졌다."

상공으로 대피해 있던 아가레스가 이를 악물었다.

"아니면 그때 전력을 다한 게 아닐지도."

"어느 쪽이 되었든 우리의 운명은 하나뿐이다."

플라우로스가 담담히 말했다.

"저 괴물과 맞서 싸우는 것."

"……그래. 네 말이 맞다, 플라우로스. 더 이상은 굴종하지 않을 것이다. 하물며 그 대상이 우리를 멸하려 드는 존재라면."

쿠구구구.

앞서 개방된 게이트로부터 마수들이 연신 쏟아져 나왔다.

결코 적지 않은 숫자이긴 했지만 파괴신은 조금도 개의치 않았다.

"그래, 더 몰려와라. 너희 세계의 모든 버려지는 내 앞으로 달려와 목을 바쳐라! 너희 모두를 멸하고서 세상의 구원자가 되어주마!"

"구원자가 아니라 파괴자겠지!"

단숨에 날아온 적시운이 아수라 검계를 펼치고 짓쳐 들었다.

이번에는 바알을 비롯한 10여 명의 마족이 합세했다.

그 하나하나가 최소한 펜타그레이드급의 강자였으나, 파괴신은 조금도 위축되지 않았다.

"가소로운 것들!"

쿵!

진각을 밟자 초진동 파장이 부채꼴로 퍼졌다.

파장에 휩쓸린 마족들의 갑각이 과자처럼 으스러졌다.

허공을 향해 뻗친 권격은 뇌전처럼 뻗어 나가 곳곳을 후렸다.

그 각각에 강타당한 마족들이 폭죽처럼 터져 나갔다.

내뻗는 공격 하나하나가 일격필살.

파괴의 교향곡이 마족들을 악기 삼아 장렬하게 울려 퍼졌다.

적시운은 그 살육제의 한가운데에 있었다.

유일하게 파괴신의 공세에 거의 대등히 맞서며.

다만 그것이 최선.

플라우로스를 비롯한 다른 마족들까지 도와줄 여력은 되지 않았다.

"크으……!"

전심전력으로 천마신공을 펼치는 한편 더블 S랭크의 염동력까지 최대한 발휘하고 있었다.

그 두 가지의 힘을 아낌없이 펼치고 있는데도 간신히 동률을 유지하는 게 전부.

그만큼 아포칼립틱 데몬 로드의 힘은 압도적이었다.

"무백이니 백진율이니 하는 것들을 내버려 둔 이유를 이제 알겠나? 내가 처음부터 나섰다면 그것들은 살아남지도 못했다!"

파괴신은 주체하지 못하겠다는 듯 웃음을 터뜨렸다.

"놈들이 멀쩡히 살아 숨 쉴 수 있던 것도 내가 삶을 허락해 줬기 때문이야. 그 미개한 것들은 죽는 순간까지도 그걸 알지 못했지만! 하긴 당연한 거겠지. 위대한 신의 뜻을 일개 피조물 따위가 알 리 없는 법이니까!"

"미친 새끼. 네가 신이라도 된다는 거냐?"

"그래! 내가 바로 신이다. 네놈이 지금껏 살아남을 수 있었던 것도, 멍청한 계집들이나 끼고 다니며 희희낙락할 수 있었던 것도 모두 내 덕분이란 말이다!"

"그렇게 대단하신 신께서……."

적시운은 차갑게 웃어 보였다.

"진실을 마주하기가 무서워 지금껏 가족들 한 번 만나지 못했던 거군."

"네놈!"

쾅!

지금까지와는 비교도 안 될 무지막지한 힘이 적시운을 강타했다.

콰지직!

호신강기도 염동력 배리어도 산산이 깨어져 나갔다.

새빨간 피를 흩뿌리며 적시운의 몸이 튕겨져 날아갔다.

파괴신 역시 멀쩡하지만은 않았다.

무리하게 힘을 끌어올린 탓에 기혈이 요동쳤던 까닭이다.

때문에 바로 짓쳐들지 못하고 주춤했다.

그렇더라도 적시운보다도 훨씬 빠르게 회복됐지만, 그 시간적 틈새를 다른 이들이 채웠다.

"돌격! 목표는 검은 날개의 마인이다!"

"철저히 섬멸하라!"

북미 제국의 수도 방위군이었다.

최고 성능의 기간틱 아머 부대와 강화 인간들이 아포칼립틱 데몬 로드를 목표로 삼고 돌격해 왔다.

"멍청한 것들! 나는 황제다. 내가 너희들의 지배자란 말이다!"

"공격!"

일갈에 화답하듯 돌아오는 것은 갖가지 병장기의 집중포화뿐.

타격은커녕 가렵지도 않았지만 분노를 부채질하기엔 충분했다.

"그렇게 돼지는 게 소원이라면 들어주지!"

파괴신이 다시 한번 날갯짓했다.

파멸의 수라강기가 몰아칠 때마다 수백의 개체가 갈가리 찢겨 나갔다.

기갑병과 강화 인간, 마수와 마족을 가리지 않은 모든 것이 단 하나의 존재 앞에서 사이좋게 궤멸되어 갔다.

그 파멸의 향연 속에서 파괴신은 절규했다.

"내가 너희를 구원했다! 내일이 없는 불지옥 속에서 서서히 죽어가는 너희에게 신세계를 보여주었던 것은 다름 아닌 나였다!"

그는 마족들을 향해 일갈했다.

"나는 너희 역시 구원했다! 마수들에게 짓밟히고 멸종해 가던 너희를 구하고 대제국을 건설한 것은 나였단 말이다!"

그는 인간들을 향해서도 소리쳤다.

"내가 너희의 구원자란 말이다!"

"아니, 그렇지 않다."

아래쪽에서 들려오는 음성.

고개를 내린 파괴신은 바닥에 널브러진 파편 하나를 발견했다.

갈가리 찢겨 나가 상체의 일부만 남은 마족의 시체.

아니, 아직은 죽지 않았으니 시체라는 표현은 맞지 않았다.

그것도 그리 길지는 않을 터였지만.

"아가레스……!"

"애초부터 네가 구하고자 했던 것은 하나뿐이었다. 어느 누구에게도 위로받지 못한 네 자신. 가련한 네 영혼이었지."

아가레스는 웃었다.

동정심과 비웃음을 담아.

"하지만 너는 실패했다. 옛날이나 지금이나 달라진 것은 없어. 너는 혼자였고 지금도 혼자이며 앞으로도 혼자일 것이다."

"뒈질 때가 되니 지껄이지 못하는 말이 없구나!"

"그럴지도. 하지만 한 가지만은 알 것 같군."

아가레스가 후련한 어조로 중얼거렸다.

"네가 바라는 모든 것이…… 진짜 적시운에게는 있었다는 것."

"닥쳐!"

쾅!

아가레스의 몸뚱이가 산산이 흩어졌다.

숨이 끊어지고도 남을 일격이었으나 아포칼립틱 데몬 로드는 멈추질 않고 같은 지점을 잇달아 폭발시켰다.

"내가 진짜다! 내가 바로 진짜 적시운이란 말이다!"

압도적인 힘과 대조되는 애절한 외침.

메아리처럼 되돌아오는 것은 살기 가득한 공격들이었다.

"황제에에에!"

광기 어린 외침이 들려왔다.

간신히 생존해 있는 또 한 명의 고위 마족, 바알이었다.

"진실을 알고 싶어 하니 확실하게 알려주지. 네놈은 가짜다! 아무리 진짜 행세를 하려 들어도 네놈은 어쩔 수 없는……!"

퍼엉!

바알의 육신이 염동력에 의해 산산조각이 나 흩어졌다.

앞서 그랬던 것처럼 찌꺼기조차 남지 않은 공간에 연신 폭발이 가해졌다.

"버러지들 따위가 뭘 안다고 지껄여? 네놈들은 아무것도 몰라. 내가 진짜야. 내가 진짜라고. 네놈들 따위가 알 리가 없지……"

파괴신이 퍼뜩 고개를 들었다.

그의 눈빛이 싯누런 광기로 번들거렸다.

"세연이라면 알 거야."

제63장
최후의 일전

1

　황제와 이세계, 마수들과 제국에 얽힌 진실은 갖가지 방식으로 웹상에 퍼졌다.

　그것을 믿고 말고는 개개인의 문제였으나, 진실 가까이에 있던 대부분은 믿는 쪽을 택했다.

　아킬레스를 제외하면 유일한 펜타그레이드라 할 수 있는 아몬도 그중 한 명이었다.

　"하, 그렇단 말이지?"

　에메랄드 시타델을 초토화한 그는 트리즌 버스터 사단과 함께 대기 중이었다.

수도권 외곽, 언제라도 라자루시안에 닿을 수 있는 지점에.

그 와중에 사태가 벌어졌다.

수도 방향으로부터 느껴지는 강렬한 기운.

이어서 뼛속까지 뒤흔드는 지진이 대지를 강타했다.

장병들은 혼란에 빠졌다.

그 와중에 부관 중 하나가 PDA를 들고서 찾아왔다.

"아몬 님, 제국 네트워크에 이런 게 올라왔습니다!"

군사 위성이 촬영한 영상과 거기에 싱크가 맞춰진 음성 대화록이었다.

쉽사리 믿기 어려운, 그러나 그간의 정황들을 생각하면 절묘하게 맞아떨어지는 이야기.

아몬은 본능적으로 그게 진실임을 깨달았다.

"그런 거였군."

아몬 아마스는 서늘히 웃었다.

"그런 거였어."

"지금 당장 수도로 진격해야 합니다, 아몬 님."

부관의 말에 아몬이 고개를 돌렸다.

"그래. 그렇군. 수도로 향해야지."

"수도 방위군에서도 연락이 왔습니다. 아킬레스 님이 통솔 중이시고, 병력 대부분이 무사하다고 합니다. 그들과 합류하여 폭군을 쓰러뜨려야 합니다."

"폭군을 쓰러뜨린다고?"

"예. 그게 어렵다면, 최소한 수도의 시민들은 구해내야지요."

아몬은 혀를 찼다.

부관을 바라보는 그의 시선엔 일말의 감정도 실려 있지 않았다.

"……뭐, 일단은 가 보도록 하지."

"너희는 아무것도 모른다!"

파괴신, 아포칼립틱 데몬 로드가 포효했다.

그가 표출하는 내공의 흐름을 읽은 적시운이 황급히 신형을 차 허공으로 솟구쳤다.

"어딜 달아나려고!"

"달아난다고? 내가 말이냐?"

쌍둥이처럼 닮은 두 존재가 서로를 향해 쇄도했다.

솟구치는 파괴신.

찍어 누르려는 적시운.

눈치 빠른 마족 몇몇이 적시운에게 합세했다.

플라우로스 역시 그중 하나였다.

쾅!

거대한 폭발이 상공을 흔들었다.

파괴신의 신형이 대지에 처박혔다.

그 일격의 대가로서 3명의 고위 마족이 갈가리 찢겨 나갔다.

"이이익!"

짓이겨진 흙더미를 튀기며 파괴신이 솟구쳤다.

그러나 치솟기 무섭게 적시운의 권격이 정수리에 내리꽂혔다.

파괴신 역시 우권과 좌장으로 적시운을 노렸으나, 아슬아슬한 시간 차이로 목덜미를 스쳤다.

물론 스치는 것만으로도 모든 것을 부숴 버리고 남을 위력이었으나 다행히 적시운의 호신강기가 버텨냈다.

쾅쾅쾅쾅!

연신 작렬하는 권격.

힘과 스피드는 파괴신이 압도적이었으나 전투 감각이란 측면에선 적시운이 우위였다.

수백 년 동안 웅크리고만 있었던 자와 얼마 전까지도 사선을 넘나든 자.

그 차이가 발현되고 있었다.

육박전은 적시운이 한 수 위.

그 사실을 아포칼립틱 데몬 로드 역시 인정할 수밖에 없었다.

"빌어먹을!"

적시운은 파괴신의 주위를 돌며 연신 권격을 꽂아 넣었다.

집요하게 사각만을 노리는 공세.

반면 파괴신의 반격은 번번이 허공을 스칠 따름이었다.

"크윽!"

치명적이진 않은 타격.

그러나 가랑비에 옷 젖는 법이라고 고통이 스며들기 시작했다.

"네놈!"

쾅!

천랑섬권이 턱을 강타했다.

순간적으로 거세게 흔들리는 대뇌.

초인이라 해도 근본적으로는 인간의 육체를 지닌 만큼 뇌기능이 마비될 수밖에 없었다.

파괴신의 한쪽 무릎이 땅에 닿았다.

뇌의 타격은 찰나지간에 회복되었지만 자존심의 타격은 그렇지 않았다.

"너어어!"

육박전을 피하면 그만이다.

내공 대결로 끌고 가 압도적인 힘으로 짓눌러 버리면 간단할 터.

하지만 자존심이 이를 허락하지 않았다.

귀환한 지 얼마 안 된 애송이에게 자신이 밀린다는 걸 결코 용납할 수 없었다.

그렇게 육박전이 이어졌다.

적시운으로서는 천운.

아니, 놈의 심리를 파고든 전술의 승리라 할 수 있었다.

콰과과과과!

맹렬히 교환되는 권장지각.

강기의 회오리가 사방을 유린했다.

작렬하는 강기 다발의 사이사이로 무형의 염동력이 연신 충돌했다.

폭주하는 활화산처럼 터져 나오는 파멸의 에너지.

마수들은 물론이요, 고위 마족들조차 근처에 다가서지 못했다.

그것은 제국의 수도 방위군 역시 마찬가지.

아킬레스는 무인 드론이 전송해 오는 화면을 보며 전율했다.

"작전을…… 변경해야겠군."

수천, 수만의 기간틱 아머와 강화 인간으로도 놈을 당해낼 수 없다.

최소한 지금 당장으로서는.

포위를 하건 돌격을 하건 적시운에게 방해만 될 가능성이 높았다.

"황제의 사별은 적시운에게 맡긴다. 우선은 라자루시안의 시민들을 대피시키는 데 집중하지."

수도 방위군은 강기의 폭심지 바깥에서 시민들을 대피시켰
다.

아킬레스 본인 역시 지휘소를 빠져나와 시민들을 텔레포트
로 이동시켰다.

일방적인 경우라면 지휘 체계가 마비될 일이었지만 지금은
아니었다.

적은 단 하나뿐이었으니.

아몬이 이끄는 트리즌 버스터 군단이 수도에 당도한 것은
그즈음이었다.

"수도 방위군과 아킬레스 님이 시민들을 대피시키고 있다고
합니다. 아몬 님, 저희에게도 명령을 내려주십시오."

아몬은 부관의 얼굴을 힐끔 돌아봤다.

굳이 말하지 않더라도 그들이 바라는 바는 극명했다.

황제에 맞서는 것.

이 모든 파국의 원흉을 제거하는 데 일조하는 것.

그들이 그렇게 생각하는 데 대해 아몬은 별다른 유감이 없
었다.

다만 모두가 합세하여 황제를 몰아붙이는 이 상황은 마음
에 들지 않았다.

"설설 기며 눈치만 볼 때는 언제고, 총대를 멘 놈이 나타나

자마자 이런 꼴이군."

"예?"

"네놈들은 네놈들 마음대로 해라. 난 갈 테니."

"가다니, 어디를 말입니까?"

아몬은 대답하지 않았다.

그저 개인 비행정에 탑승하고는 전장으로 향할 뿐.

부관을 비롯한 장교들은 당혹감을 느꼈으나 이내 정신을 차리고는 수도 방위군을 지원하기로 했다.

수도 한가운데엔 거대한 회오리가 만들어진 상태였다.

적시운과 파괴신의 육박전이 빚어낸 강기의 회오리.

가까이 다가온다면 그 종류를 막론하고 모조리 소멸시켜 버리는 파멸의 기류였다.

그 안으로 파고든다는 것은 꿈도 못 꿀 일.

가까이 가는 것조차 여의치 않았다.

"남은 고위 마족은 얼마나 되지?"

플라우로스의 질문에 바르바토스는 주변을 돌아봤다.

"10명이 채 안 되는군. 이곳으로 전이된 동지는 거의 대부분 사망했다."

"남은 이들이라도 이쪽으로 데려와다오. 적시운을 지원해야 한다. 그 혼자서는 저 괴물을 당해낼 수 없어."

"불러오기야 하겠지만…… 뭘 어떻게 할 생각이냐?"

"그것은……."

플라우로스가 말끝을 흐리는 와중에 회오리가 기세를 잃었다.

이윽고 강기의 기류 바깥으로 튕겨져 나오는 신형이 포착됐다.

만신창이가 된 적시운이었다.

극한의 전투 감각으로 육박전을 박빙으로 이끌었지만, 힘의 격차는 결국 극복하지 못한 것이다.

플라우로스가 다급히 말했다.

"적시운이 회복할 시간을 벌어줘야 한다. 몸을 날려서라도 막는 수밖에 없다."

"그렇다면 마수들을 불러들여야겠군."

바르바토스와 고위 마족들이 마수들의 정신을 지배했다.

그들의 조종을 받은 대형 마수들이 파괴신을 향하여 우르르 쇄도했다.

"건방진 짐승 새끼들!"

분기탱천한 파괴신이 포효와 함께 팔을 휘둘렀다.

맹수의 손아귀처럼 휘둘러진 수라강기가 초대형 마수들을

갈가리 찢어발겼다.

　그럼에도 마수들은 끝없이 몰려들었으나, 아포칼립틱 데몬로드의 힘은 그것마저 훨씬 상회했다.

　촤아악! 촤악!

　대재앙급으로 분류되는 마수들조차 두 번 이상을 버티지 못하고 찢겨 나갔다.

　실로 무시무시한 힘.

　차원 게이트에서 쏟아져 나오는 물량이 무색해지는 수준이었다.

　그사이 플라우로스는 적시운에게 다가갔다.

　다행히 상처가 깊지는 않은 듯, 적시운은 혼자서도 몸을 일으키고 있었다.

　"계속 싸울 수 있겠소?"

　"소모된 내공만 회복할 수 있다면."

　짧은 육박전만으로도 체력과 내공이 고갈된 상황.

　운기조식을 할 필요가 있었다.

　"얼마나 버틸 수 있겠어?"

　"하는 데까진 해볼 것이오."

　플라우로스의 대답에 적시운은 쓴웃음을 머금었다.

　"설마 너희들과 합세하여 싸우게 될 줄은 몰랐는데."

　"그것은 우리도 마찬가지요."

침공해 온 자들과 그에 맞서 싸운 자들.

일시적으로 협력하게 되었다고는 하나, 이 싸움이 끝나고 나면 다시금 반목하게 될 것이 분명했다.

'하지만…….'

나중 일은 나중에 생각할 문제.

게다가 실시간으로 죽어 나가는 숫자를 보자니 멸종을 걱정해야 할 판국이었다.

적시운은 뒤쪽으로 물러나서 운기조식에 들어갔다.

완벽히 무방비 상태가 되는 위험한 선택이었지만 지금은 달리 방법이 없었다.

플라우로스가 그 앞에 섰다.

"우리가 어떻게든 지켜주겠소."

"좋아. 믿어보겠다."

어차피 이대로 싸워선 승산이 없다.

적시운으로서도 위험천만한 도박에 승부를 걸 수밖에 없었다.

"적시운!"

먼 방향에서 파괴신이 포효했다.

감정이 없는 자조차 공포를 느낄 법한 외침이었지만 적시운은 이미 운기조식에 들어간 뒤였다.

덕분에 전율하는 것은 고스란히 플라우로스의 몫이었다.

쿠구구구구!

셀 수도 없을 만큼의 마수가 찢기고 흩어졌다.

고위 마족들이 온 힘을 다해 압박했지만 아포칼립틱 데몬 로드에겐 별반 타격이 없었다.

거기에 주민 대피를 완료한 수도 방위군까지 가세했지만, 지리멸렬하는 것은 마찬가지였다.

쿵! 쿵!

파괴신이 한 걸음씩 앞으로 나아갔다.

무지막지한 숫자의 마수들이 짓쳐드는지라 그나마 이 정도.

한 걸음을 잠시 저지하는 데에 수백, 수천 마리의 마수가 죽어 나갔다.

"어리석은 버러지들!"

쾅!

수라강기의 날개가 나선형으로 회전하기 시작했다.

자체적으로 생겨난 흑색 폭풍에 인간과 마수, 기계와 피육이 예외 없이 갈려 나갔다.

거기에 뛰어드는 것 자체가 자살 행위임을 깨달은 수비군이 주춤했다.

그러자마자 파괴신의 전진 속도가 한층 빨라졌다.

이제 적시운까지의 거리는 500m 남짓.

파괴신의 속도와 힘을 감안하자면 코앞이나 다름없었다.

플라우로스는 죽음을 각오하고서 자신의 권속인 레드 팬서들을 집결시켰다.

아마도 그들이 최후의 방벽이 될 터였다.

그때 거구의 인간이 다가와 그의 곁에 섰다.

"나도 합세하겠다."

"……인간이여, 이름이 뭐지?"

"올리버, 한때는 적시운 님을 따랐었다."

"그렇군, 올리버. 그 이름을 기억해 두지."

심호흡을 한 올리버가 근육을 부풀렸다.

전투가 발발했음을 확인하자마자 오소독스에서 이곳까지 달려온 그였다.

비록 적시운과는 한마디도 나누지 못했지만 너무 늦지 않았다는 것이 그나마 위안거리였다.

그때 또 한 명의 인간이 다가왔다.

올리버는 그의 정체를 확인하고는 안도했다.

"펜타그레이드 아몬 아마스로군. 당신이 한편이라니 다행이오."

그가 합류한다 하더라도 압도적인 열세.

그렇지만 없는 것보단 나을 거라는 게 올리버의 생각이었으나……

"……크큭."

아몬이 묘한 웃음을 흘렸다.

그의 시선이 적시운 쪽으로 향했다.

"저놈이 적시운이란 말이지?"

2

움찔.

아몬의 태도에서 불길함을 느낀 올리버가 미간을 찡그렸다.

"허튼 생각 마시오. 모두가 합심해야 세계를 지켜낼 수 있소."

"그딴 건 아무래도 좋다. 이 세계의 존망 따위는 내 알 바가 아냐."

아몬이 스산한 웃음을 흘렸다.

"단지…… 저놈을 죽여 버리면 꽤나 일이 재미있어질 것 같거든."

"아몬!"

"놈은 지금 무방비 상태지? 뭘 하고 있는 건지는 모르겠지만, 여하간 지금이라면 충분히 해치울 수 있을 거야."

아몬이 손을 들어 올렸다.

올리버가 기겁하고서 달려들었지만 그의 초진동파가 한발 빨랐다.

그리고 아킬레스는 그보다도 빨랐다.

팟!

적시운의 신형이 텔레포트됐다.

아몬이 얼굴을 구기는 와중, 올리버가 배후에서 덮쳐들었다.

"이런 미친 자식!"

"하!"

아몬은 진동파를 날려 올리버를 밀쳐 냈다.

하지만 그 뒤를 이어 곧바로 쇄도한 플라우로스는 저지하지 못했다.

콱!

플라우로스의 손아귀가 아몬의 흉부를 꿰뚫었다.

진동파를 먹이기엔 너무 늦은 상황.

허공에 들린 아몬이 피거품을 토했다.

"커헉!"

"네놈은 인간보다도 우리와 가깝군. 하지만 때와 장소를 잘못 골랐다."

플라우로스는 파괴신 쪽으로 아몬을 내던졌다.

"끄으……!"

간신히 몸을 일으킨 아몬의 등 뒤에서 폭풍이 몰아치고 있었다.

몸을 돌린 아몬이 파괴신을 발견하고는 두 팔을 벌렸다.

"황제여! 세상 모두가 당신의 적이라는 건 알고 있소. 하지만 나! 아몬 아마스는 여전히 당신의 펜타그레이드요!"

대답은 없었다.

몰아치는 기류 때문이리라 생각한 아몬이 언성을 높였다.

"내가 당신을 돕겠소! 나와 당신, 우리 둘이서 세상 전체를 상대로 맞서 싸우는 거요!"

퍽!

아몬의 몸이 덜컥 흔들렸다.

고개를 숙인 그의 두 눈 가득 좌우로 벌어지는 흉부의 구멍이 보였다.

"이런 개……!"

촤아악!

수라강기의 기류가 아몬을 찢어발겼다.

펜타그레이드의 허무한 최후였다.

"물러나자!"

올리버가 소리쳤다.

아킬레스가 적시운을 옮긴 이상 더 이상 이곳에서 버티고 있을 필요는 없었다.

플라우로스 역시 그에 동의하고서 뒤로 몸을 날렸다.

"흥, 버러지 같은 놈들."

아포칼립틱 데몬 로드는 그들을 추격하지 않았다.

상대가 아킬레스인 이상은 지루한 술래잡기가 펼쳐질 공산이 컸던 것이다.

구태여 거기에 휘말릴 필요는 없었다.

"미리 죽여 둘 걸 그랬어."

후회가 들긴 했지만 심각한 수준은 아니었다.

어차피 상황의 주도권을 쥐고 있는 건 어느 누구도 아닌 그였으니까.

게이트를 넘어오는 마수들의 숫자는 눈에 띄게 줄어 있었다.

바르바토스를 비롯한 고위 마족들도 궤멸당한 뒤.

수도 방위군은 승산이 없음을 깨닫고서 퇴각하고 있었다.

"흥."

마음만 먹으면 차원 게이트들쯤은 얼마든지 소멸시킬 수 있었지만 굳이 그러진 않았다.

어차피 마수들이 얼마나 더 몰려나오던 그에게 위협이 되진 않았기에.

아포칼립틱 데몬 로드는 하늘로 떠올랐다.

"먼저 가서 기다리마."

그는 아무도 접근 못 할 곳으로 향하여 운기조식을 취했다.

굳이 그러지 않더라도 여력이 남아 있긴 했지만, 자신이 당할 일말의 가능성조차 남기고 싶지 않았다.

약간의 소요 끝에 내공을 회복한 아포칼립틱 데몬 로드는 곧장 태평양을 횡단했다.

적시운이라면 반드시 올 수밖에 없는 곳이 거기에 있었기에.

잠시 후.

아포칼립틱 데몬 로드는 과천 특구의 상공에 서 있었다.

"이젠 모든 것을 끝낼 때가 되었다."

계획은 간단했다.

적시운은 필연적으로 이곳에 오게 될 터.

두 사람은 주변의 모든 것을 파괴하며 혈전을 벌인다.

그 와중에 놈을 제압한 후 모든 것을 흡수.

진짜 적시운인 척 행세하면 끝이었다.

세상을 파멸로 몰아간 원흉은 사라지고, 세계의 구원자인 진짜 적시운이 남게 될 것이다.

"하지만 놈은 진짜가 아니야."

아포칼립틱 데몬 로드는 주먹을 쥔 채 중얼거렸다.

죽어가면서 지껄이던 마족 놈들의 헛소리가 연신 뇌리에 울리고 있었다.

"나는 가짜가 아니다. 내가 진짜야. 내가 바로 적시운이란 말이다."

아포칼립틱 데몬 로드는 시선을 내렸다.

위성사진을 통해 몇 번이고 보았던 광경.

기감을 통해 느껴지는 바는 한층 선명했다.

우리 집.

나의 공간에서 숨 쉬고 있는 사람들의 기척이 너무나도 분명히 느껴졌다.

엄마와 누나, 여동생이 그곳에 있었다.

"……."

아포칼립틱 데몬 로드는 주먹을 꾹 쥐었다.

그가 바로 적시운이었다.

그가 바로 진짜였다.

그런데 굳이 가짜 따위를 기다릴 필요가 있단 말인가?

지금 이대로 들어가더라도 가족들은 그를 반길 텐데?

'두려웠기 때문이야.'

꿈틀.

'넌 두려웠던 거다. 그래서 나와 융합할 필요가 있는 거야. 그래야 겁먹지 않고서 세연이와 누나, 엄마 앞에 설 수 있을 테니까.'

놈이 했던 말들이 송곳처럼 뇌리를 찔렀고 비수가 되어 심장을 난도질했다.

"아니, 아니야!"

그는 살갗을 쥐어뜯으며 몸부림쳤다.

육체의 고통은 삽시간에 사라졌지만 정신의 고통은 쉽사리 사라지질 않았다.

"내가 진짜다. 엄마는, 누나는, 세연이는 너를 기다리는 게 아냐. 바로 나! 나를 기다리는 거라고!"

그의 두 눈에서 광기가 번들거렸다.

"내가 진짜다."

정신을 차렸을 때 그는 이미 문 앞에 서 있었다.

수라강기의 날개를 비롯한 육체의 변이는 사라진 뒤.

당장 터질 것처럼 심장이 약동하고 있다는 걸 제외하면, 그는 완벽한 적시운 그 자체였다.

"후우."

심호흡을 한 적시운이 손을 뻗었다.

자물쇠가 자연히 부서지고 문이 활짝 열렸다.

"시운 선배……?"

웬 계집이 놀란 얼굴로 다가왔다.

적시운은 잠시 후에야 그녀의 이름이 차수정이라는 것을 떠올렸다.

'귀찮군.'

적시운이 손을 휘젓자는 그녀를 포함한 방 안의 사람들이 스르륵 허물어졌다.

신의 경지에 접어든 힘.

인간들 기준에서 최고 수준이라 봐야 그 앞에선 벌레만도 못했다.

'그렉, 헨리에타, 그 외의 기타 잡것들.'

이름과 얼굴은 거의 다 알고 있다.

언제나 관찰해 왔으니 당연한 일이다.

죽이더라도 상관없는 것들. 하지만 그러지는 않았다.

순전히 가족들을 생각해서였다.

'앞으로도 주의해야겠어.'

이 중 몇몇은 적시운을 사랑한다.

그러니 그에 맞추어 아껴주는 척을 해야 할 것이다.

'가짜' 적시운이 지금껏 그래 왔으니까.

귀찮긴 하지만 어쩔 수 없는 일이라고 적시운은 애써 위안했다.

끼이익.

방문이 열렸다.

적시운은 그 자리에서 그대로 얼어붙었다.

얼굴의 형태와 몸의 윤곽.

숨결의 흐름까지도 기감을 통해 느껴졌지만 차마 고개를 돌려 바라볼 수가 없었다.

세상 전체가 정지된 가운데 오직 심장 소리만이 천둥처럼 울릴 따름.

억겁과 같은 침묵이 흘러갔다.

"……오빠?"

거짓말처럼 몸이 녹아내렸다.

적시운은 고개를 돌려 여동생을 바라봤다.

왈칵 쏟아진 눈물 때문에 시야가 온통 흐려져 있었지만 여동생의 얼굴만큼은 명확하게 보였다.

"세연아."

"괜찮은 거야? 왜 그렇게 울고 있어?"

당혹감과 의아함으로 가득한 표정.

모니터 너머로 언제나 보아온 그 얼굴이었다.

"시운이라고?"

적세연의 옆에서 적수린이 고개를 내밀었다.

간신히 멎었던 눈물이 다시금 적시운의 뺨을 타고 흘렀다.

"누나."

"시운아, 어떻게 된 거니?"

적수린이 방 밖으로 나오려 했다.

적시운은 누나와 여동생을 향해 팔을 벌렸다.

그러나 감동의 재회는 이뤄지지 못했다.

갑작스레 튀어나와선 으르렁거리는 거대한 다이어 울프 때문이었다.

크르르르!

비상식량이 온몸의 털을 곤두세우며 으르렁거렸다.

살기 어린 기세로 자매를 지키려는 모습.

평소에도 적시운에게 쌀쌀맞긴 했지만 이렇게까지 적대적인 태도를 보이는 건 처음이었다.

"얘가 갑자기 왜 이러지?"

적수린이 의아해하는 차, 적세연이 그녀의 어깨를 짚었다.

"오빠가 아냐."

"응?"

"저 사람, 우리 오빠가 아냐."

"……!"

적시운의 가슴이 철렁 내려앉았다.

여동생의 경계심 어린 시선이 그의 심장을 난도질했다.

"당신은 대체 누구시죠?"

적세연이 물었다.

노골적으로 적대시하는 태도 앞에서 적시운의 눈동자가 거세게 흔들렸다.

"세연아. 나야. 네 오빠. 진짜 적시운이라고."

"당신은 우리 오빠가 아니에요. 오빠의 얼굴을 하고 있지만…… 오빠는 아니라고요."

그제야 적수린도 흠칫하여 한걸음 물러났다.

적시운이 다가서려 하자 비상식량이 한층 소리 높여 으르렁거렸다.

"이…… 빌어먹을 개새끼가!"

적시운의 외침에 자매가 움츠러들었다.

적개심과 공포심이 뒤섞인 시선이 비수가 되어 찔러 들어왔다.

죽이고자 마음먹는다면 이깟 개새끼쯤은 얼마든지 쳐 죽일 수 있다.

하지만 그랬다간 돌이킬 수 없게 될 것이다.

그 아이러니가 적시운을 이러지도 저러지도 못하게 만들었다.

"우리 오빠는 어디에 있죠?"

"나야. 나라고. 내가 네 오빠, 적시운이란 말이야!"

"거짓말……!"

"크윽!"

더 참지 못한 적시운이 팔을 휘둘렀다.

염동력에 휘둘려 날아간 비상식량이 벽에 처박혀선 흘러내렸다.

"안 돼!"

적세연의 비명.

가슴이 찢어지는 일이었지만 적시운은 마음을 독하게 먹기로 했다.

"너도 누나도 날 이해하게 될 거야. 어쩌다 보니 상황이 꼬여 버렸지만…… 두 사람 다 나를 이해해 줘. 그래야만 해."

"다가오지 마!"

적수린이 적세연의 앞으로 나서며 소리쳤다.

그녀의 손에는 언제 가져왔는지 라이플이 들려 있었다.

적시운을 겨냥한 총구가 파르르 떨렸다.

적수린의 뺨으로 눈물 한 줄기가 흘러내렸다.

눈동자에 담긴 것은 적개심과 공포, 그리고 동생을 지켜야 한다는 사명감이었다.

"누나, 나한테 이래선 안 돼."

"가까이 오지 마!"

적시운은 그 말을 무시하고 걸음을 내디뎠다.

탕!

총성이 울렸다.

이온 탄환이 적시운의 미간에 적중했다.

물론 타격은커녕 닿지도 못한 채 호신강기에 바스러졌다.

하지만 그 사실과 별개로, 적시운의 두 눈은 경악으로 물들었다.

"……!"

"칫!"

적수린이 다시금 방아쇠를 당겼다.

잇달아 발사된 탄환들은 적시운에게 닿지도 못한 채 가루가 되었다.

탄창을 비운 적수린은 라이플을 몽둥이처럼 쥐었다.

"어째서?"

적시운이 중얼거렸다.

"어째서 나를 반겨주지 않는 거야? 내가 진짜 적시운인데. 내가 누나의 하나뿐인 남동생인데!"

"넌 시운이가 아냐."

적수린의 싸늘한 대꾸 뒤로 적세연의 슬픈 목소리가 이어졌다.

"오빠의 얼굴을 하고 있지만…… 당신은 오빠가 아니에요. 잠시 헷갈리긴 했지만 이제는 알 수 있어요. 당신은…… 우리 오빠와는 달라요."

"아니야!"

적시운이 소리쳤다.

힘을 조절한 까닭에 사자후라 할 정도는 아니었지만, 그래도 일반인이 견딜 수준은 결코 아니었다.

무공을 익힌 적세연은 어렵사리 버텨냈지만 적수린은 그러지 못했다.

파리해진 얼굴로 쓰러지는 그녀를 본 순간 적시운의 몸속에서 무언가가 끊어졌다.

"언니!"

적세연이 적수린을 부축했다.

그 순간 적시운은 자매를 향해 걸어가고 있었다.

이제는 돌이킬 수 없다.

설득하는 것은 다음.

일단은 그녀들과 어머니를 찾아 데려가는 게 급선무였다.

'놈이 들이닥치기 전에!'

적시운과 자매 사이로 두 신형이 나타난 것은 그 순간이었다.

"이…… 개새끼야!"

쾅!

강렬한 권격이 적시운을 강타했다.

3

콰과과과과!

적시운…… 아니, 아포칼립틱 데몬 로드의 신형이 벽을 부수며 날아갔다.

"가족들을……!"

천랑섬권을 내지른 자세 그대로 적시운이 소리쳤다.

"아니, 모두를 대피시켜 주십시오!"

"알겠네!"

다급하게 소리치는 이는 아킬레스였다.

앞서 북미 제국에서 적시운을 구해주었던 그가, 텔레포트를 펼쳐 신서울까지 함께 와준 것이다.

아킬레스는 황급히 광범위 텔레포트를 펼쳤다.

적시운을 제외한 집 안의 모두가 빛에 휩싸여 사라졌다.

"어디 갔어!"

권격에 맞아 날아갔던 것보다도 빠르게 되돌아온 파괴신이 주변을 두리번거렸다.

아무도 보이지 않았다.

아무도 감지되지 않았다.

파괴신은 절규했다.

"세연이를, 누나를! 내 가족들을 어디로 데려갔냐!"

"네놈이야말로⋯⋯!"

적시운은 체내의 기운을 모조리 끌어올렸다.

"내 가족들에게 무슨 짓을 하려 한 거냐!"

적시운의 외침에 파괴신의 신형이 크게 움찔했다.

눈동자 가득 불거지는 당혹감.

그의 뇌리에선 방금 전 자신이 벌인 일이 재생되고 있었다.

창백해진 얼굴로 쓰러지는 누나, 그녀를 부여잡고 울부짖는 여동생.

그녀들을 그렇게 만든 건, 바로 자신이었다.

"나, 나는……!"

"개자식아!"

쾅!

파괴신의 신형이 천장을 뚫고 건물 밖까지 튕겨져 나갔다.

몇 분 전과는 눈에 띄게 달라진 위력.

생생한 고통에 파괴신은 몸서리를 쳤다.

"크으윽!"

크게 달라진 것은 없었다.

적시운이 운기조식으로 내공을 회복했다지만 그것은 자신도 마찬가지.

그 짧은 시간 동안 눈에 띄는 성장을 했을 리도 없었다.

아킬레스의 도움이 없었다면 제때 이곳에 도착하지도 못했을 터.

힘의 격차는 여전히 분명했다.

그런데도 아팠다.

놈에게 강타당한 부위가 타들어 가는 것만 같았다.

파괴신은 고통 속에 소리쳤다.

"이…… 가짜 주제에!"

"입 닥쳐!"

쾅! 쾅! 쾅!

일격필살의 권격이 잇달아 작렬했다.

연이은 뇌성이 과천 특구의 상공을 흔들었다.

"크윽! 이, 이이익!"

연신 두들겨 맞던 파괴신이 적시운을 떨치고자 내공을 격발시켰다.

호신강기와 염동력 배리어에 의해 적시운의 신형이 밀려났다.

간신히 찾아온 소강상태.

거울에 비친 듯이 꼭 닮은 두 사람이 증오 속에서 서로를 노려봤다.

"전부 다 너 때문이다."

파괴신이 으르렁거렸다.

"이 모든 게 다 네놈 때문이다! 네놈만 아니었으면, 네놈만 없었다면!"

"너 혼자 군림하고 있었겠지. 모두가 죽어버린 세상에서."

"아니야!"

파괴신이 절규했다.

"행복하게 살 수 있었을 거다. 세연이, 엄마, 누나, 그리고 나! 우리 가족들은 행복하게 살아갈 수 있었어!"

"그럼 왜 진작 가족들을 찾아가지 않았지?"

파괴신의 신형이 덜컥거렸다.

그의 눈동자가 거세게 흔들리는 것을 보며 적시운은 싸늘히 말을 이었다.

"조금 전과 같은 일이 일어나리라는 것을 알고 있었기 때문이겠지. 너도 어렴풋이 느끼고 있었던 거다."

"아냐……."

"이제 다시는 그때로 돌아갈 수 없다는 것을. 네 추억 속의 행복은 다시 돌아오지 못한다는 것을. 이쪽 세계의 엄마와 누나, 그리고 세연이는……."

"아니야!"

"네가 기억하던 세 사람이 아니라는 것을."

"으아아아!"

파괴신이 얼굴을 쥐어뜯으며 절규했다.

그의 칠공으로부터 검붉은 피거품이 뿜어져 나왔다.

뺨을 타고 흐르는 피눈물.

피부를 파고드는 손톱.

터져 버릴 듯 충혈된 눈동자.

촤아아악!

칠흑의 날개가 다시금 펼쳐졌다.

폭주한 수라강기가 피부를 찢어발기며 방출되었다.

육체가 갈가리 찢겨 나가고 시커먼 기운이 육체의 형상을 갖추었다.

뼈와 근육, 육체를 구성하던 모든 것이 폭주한 강기에 의하여 소멸했다.

'주화입마?'

[아니, 비슷하지만 조금 다르네.]

천마의 음성이 파르르 떨렸다.

[천마신공은 극도의 마공. 제어하지 못할 시엔 육체를 부수고 영혼을 갈가리 찢어놓는다네. 그 뒤에 남는 것은 끝없는 살의와 증오뿐……. 무공의 주체인 인간은 사라지고 오직 마(魔), 그 자체만이 남게 되네.]

크아아아아!

흑색의 날개를 활짝 펼친 마인이 세상을 향하여 포효했다.

[오직 파괴와 파멸만을 추구하는…… 진정한 마신(魔神)이 탄생하는 걸세.]

쾅!

파괴신이 신형을 쏘았다.

허공을 박찰 때 발생한 충격파로 인해 빌딩숲의 창문들이 모조리 깨져 나갔다.

초음속의 신형이 만들어낸 파장이 공간을 왜곡시켰다.

상공에 그어지는 검은빛 일직선.

그 첨단에 서 있던 적시운의 복부에 주먹이 틀어박혔다.

"컥!"

쫘릉!

튕겨져 나간 적시운이 비스듬한 궤도로 추락해선 대지를

파헤치며 틀어박혔다.

콰과과과!

거대한 고랑이 파이며 아스팔트 도로를 뒤집어엎었다.

그쪽을 힐끔 내려다본 파괴신이 뇌전처럼 강하했다.

두 번째 권격이 적시운의 명치에 꽂혔다.

번쩍!

도심 한복판에서 터져 나오는 대폭발.

과천 특구 시가지의 절반이 한순간에 증발했다.

소형 전술핵과 비교해도 손색이 없을 폭발로 인해 맹렬한
후폭풍이 도심을 휩쓸고 지나갔다.

콰과과과과!

초고속으로 붕괴되는 세계.

붕괴된 도시의 파편들이 흩날리는 폭심지 위로, 파괴신은
날개를 펼치며 날아올랐다.

"……."

자아는 소멸하고 끝없는 증오와 파괴 욕구만이 그 자리에
남았다.

인간도 마수 아닌, 생명의 임계점을 아득히 넘어선 그 무언가.

한때 적시운이자 제국의 황제, 아포칼립틱 데몬 로드라 불
렸던 존재는 파멸의 무아지경 속에서 날갯짓했다.

목적지는 극명했다.

생명의 존재가 느껴지는 곳.

그가 부숴 없애야 할 것들이 즐비한 장소.

파괴신은 신서울을 향하여 날았다.

쿠구구구……!

날개처럼 뻗친 수라강기가 하늘에 닿아선 시커먼 먹구름으로 화했다.

먹구름으로부터 내리꽂힌 흑색 뇌전에 의해 공간 왜곡이 일어났다.

그 틈새로 나타나는 것은 판데모니엄의 마수들.

아무것도 모른 채 차원을 건너온 그것들을 향하여, 파괴신은 파멸의 벼락을 내리꽂았다.

콰과과과과!

내리꽂히는 뇌창 하나하나마다 거대한 광구(光球)가 피어났다.

곳곳에서 버섯구름들이 경쟁하듯 치솟았고 초고열의 복사열이 모든 것을 증발시켰다.

차원을 넘어온 마수들은 물론, 차원의 벽 바깥에 있던 마수들까지도 빛에 휩쓸려 소멸했다.

초고속 비행체의 접근을 감지한 신서울 측에서는 요격 부대를 편성해 출격시켰다.

수도 방위군의 거의 모든 병력이 지하 도시 바깥으로 부리

나케 뛰쳐나와선 돌격했다.

사실상 적의 격멸이 아닌 시간 끌기가 목적.

그러한 방위군의 각오가 무색하게도 파괴신의 속도는 조금
도 줄지 않았다.

퍗!

검은 뇌전이 작렬할 때마다 백색 섬광이 사위를 삼켰다.

흑백의 명멸 속에서 모든 것이 소멸했다.

마수와 인간, 기계와 살점을 불문한 모든 것이.

"요격 부대가…… 전멸했습니다."

오퍼레이터의 보고를 들으며 권창수는 지그시 눈을 감았다.

이쪽의 발악 따위는 알 바 아니라는 듯한 압도적인 힘.

할 수 있는 일이라고는 그저 기도하는 것뿐인지도 몰랐다.

그것도 기도를 들어줄 신이 있을 때의 얘기겠지만.

"제가 가겠어요."

각오 어린 목소리.

권창수는 지그시 눈을 감았다.

"그럴 순 없습니다."

"권 의원님, 저라면 저자를 멈출 수 있을지도 몰라요."

"세연 양⋯⋯."

걱정 가득한 권창수의 시선이 적세연의 얼굴을 훑었다.

아킬레스는 그녀를 비롯한 모두를 신서울로 텔레포트시켰다.

파괴신의 전투력을 감안한다면 차라리 인적 드문 오지가 나았을 테지만, 아킬레스로서는 거기까지 생각할 겨를이 없었다.

오지에 숨는다고 해도 과연 얼마나 더 버틸 수 있을지 알 수 없었고.

"비행체가 도시 상공에 도달했습니다."

오퍼레이터의 보고에 지휘실 안의 모두가 숨을 죽였다.

당장 다음 순간 파멸의 뇌전이 머리 위로 떨어지더라도 이상할 게 없었다.

적세연이 황급히 아킬레스의 팔을 붙들었다.

"제가 저 사람 앞에 나서 보겠어요. 어서 이동시켜 주세요!"

아킬레스는 텔레포트를 시도하려 했다.

다만 그 목적지는 파괴신의 눈앞이 아닌 다른 장소였다.

적세연을 놈과 만나게 하는 대신, 그녀를 비롯한 적시운의 가족들을 대피시키기로 결심한 것이다.

'도시 전체를 희생하게 되더라도 이들만큼은 살려야 한다!'

만일 적시운이 패배한 거라면, 저 괴물을 진정시킬 가능성을 지닌 사람은 이 세 모녀뿐이었다.

그렇다면 척 봐도 폭주한 것이 분명한 지금의 놈 앞으로 데려갈 수는 없었다.

놈이 조금이라도 이성을 찾기 전까지는 이들을 데려가선 안 됐다.

'설령 그동안 세상의 대부분이 사라진다 하더라도……!'

각오를 다진 아킬레스가 텔레포트를 펼치려 했다.

오퍼레이터의 외침이 들려온 것은 바로 그때였다.

"비행체가 도시 상공을 벗어납니다!"

"……!"

아킬레스는 텔레포트를 중단했다.

권창수가 황급히 물었다.

"이동 방향은?"

"서쪽……입니다. 벌써 탐지 범위의 외곽까지 이동했습니다. 아무래도 신서울 공격을 포기하거나 보류한 모양입니다."

모두가 안도의 한숨을 내쉬었다.

'하지만……'

'대체 어째서?'

자연히 떠오르는 의문.

그에 이어지는 결론 역시 자연스럽다고 할 수 있었다.

"어쩌면."

적세연을 돌아본 아킬레스가 중얼거렸다.

"미쳐 버린 지금조차도 최소한의 이성만큼은 남아 있는 건지도⋯⋯."

◉

좌아아아!

파괴신은 어느새 황해를 가로지르고 있었다.

이 근방에서 가장 많은 생명이 느껴지는 장소인 중국 대륙을 향하여.

그중에서도 우선 목표는 신북경이었다.

우우우웅!

신북경 상공에 도착한 파괴신은 거리낌 없이 힘을 끌어올렸다.

조금 전의 신서울과는 상황이 전혀 달랐다.

설명할 수 없는 어떠한 느낌 때문에 그곳에선 힘을 펼치지 못했지만, 이곳에선 그러한 이질감이 조금도 느껴지지 않았다.

그래서 파괴신은 파멸의 뇌전을 떨어뜨렸다.

아무런 고민도 없이, 숨 쉬는 것처럼 자연스럽게.

채 메워지지 않은 지하 도시의 싱크 홀 속으로 흑색의 뇌전이 떨어져 내렸다.

팟!

싱크 홀 깊은 곳으로부터 빛의 기둥이 치솟아 올랐다.

도시를 이루던 모든 것이 백색의 섬광 속에서 증발했다.

쿠구구구구!

뒤이어 요동치는 대지.

싱크홀 주변의 땅이 성난 파도처럼 들썩이고는 구멍 안쪽을 향하여 붕괴해 들어갔다.

거대한 버섯구름이 빛의 기둥이 사라진 자리를 가득 채웠다.

그렇게 도시 하나가 소멸했다.

수십만의 인구, 수십만의 삶이 어떠한 준비도 없이 한꺼번에 사라졌다.

파괴신은 그곳으로 눈길조차 주지 않았다.

그저 흑색의 날개를 펼친 채, 또 다른 먹잇감을 찾아 허공을 가로지를 따름이었다.

"큭!"

같은 시각.

적시운은 초토화된 과천 특구의 폐허를 헤치며 일어섰다.

온몸은 피투성이.

변변한 반격 한 번 펼치지 못한 채 목숨만 겨우 건졌다.

놈의 정신이 흔들리고 있을 땐 잠시나마 우세를 점했었지

만, 놈이 폭주해 버리자마자 힘의 우열이 다시 뒤집어지고 말
았다.

"당장 놈을 막아야 해. 자칫 돌이킬 수 없게 되기 전에. 지
금 바로 놈을 뒤쫓아야만 한다고."

[진정하비! 우선은 흥분을 가라앉히고 회복에만 집중하비.]

적시운은 깊이 심호흡을 했다.

만신창이가 되었던 육체는 빠르게 재생되었다.

하지만 그 사실에 조금도 만족할 수가 없었다.

만족할 수 있을 리 없었다.

놈을 이대로 내버려 뒀다간 지구는, 인류 문명은 내일 아침
을 볼 수 없게 될 테니까.

"부탁이니 가르쳐 줘."

적시운은 천마를 향해 말했다.

"놈에게 대적할…… 아니, 놈을 죽일 방법을!"

4

[……]

천마는 대답하지 않았다.

평소와는 전혀 다른, 무력감이 진득하게 느껴지는 침묵.

그 이유를 알고는 있었지만 받아들일 수는 없었다.

적시운은 지푸라기라도 잡는 심정으로 말을 이었다.

"당신이라면 알 것 아냐. 항상 그래 왔잖아. 그러니 말해줘. 나는 대체 뭘 어떻게 해야 하지?"

[말을 한다고 될 일이었다면 한참 전에 조언했을 것이야.]

천마는 침음을 흘렸다.

[놈은 본좌가 만나온 모든 존재를 통틀어 최악의 상대일세. 근본적으로는 자네와 본좌의 모든 것을 갖춘 데다 최악의 형태로 강화시키기까지 했지. 자기 파멸적이기에 더더욱 강할 수밖에 없는 방식으로 말이야.]

"천마신공으로는 답이 없다는 거야?"

[놈 역시 천마신공을 대성했네. 자네도 알고 있잖나? 그것만으로도 이미 동률일진데, 내공의 깊이마저도 놈이 우위에 있네. 게다가······.]

"염동력조차도 놈이 한 수 위야. 결국······."

적시운은 주먹을 꾹 쥐었다.

"평범한 방법으로는 능가는커녕 따라잡을 수조차도 없다는 뜻이군."

[그러지 말게.]

적시운의 목소리에 실린 묘한 기류를 감지한 천마가 경고했다.

[자네가 무슨 생각을 하는지 알고 있네. 놈과 같은 방식이 아니

고선 막을 수 없다는 거겠지.]

"……."

[그러지 말게. 자칫 잘못하면 두 명의 멸신(滅神)이 탄생할 수도 있어. 파괴욕에 미쳐 세상을 멸망으로 몰아가고 싶은가?]

"만약 나도 놈과 같은 괴물이 되어버린다면……."

적시운은 각오 어린 어조로 말했다.

"우리는 다른 무엇보다도 서로를 멸하기 위해 싸우게 될 거야. 살의에 먹힌 괴물들이란 그런 법이니까."

[탐(貪)……인가.]

"그래, 이 녀석이 이름을 빌린 괴물."

탐랑을 쥔 적시운이 중얼거렸다.

탐, 고대 중국 신화에 나오는 신수.

세상 모든 것을 먹어치우고 마침내 자기 자신마저 먹어치움으로써 모든 것을 무(無)로 되돌린다는 괴물.

"하지만 만약 그 괴물이 둘이라면…… 어쩌면 세상보다도 먼저 서로를 먹어치움으로써 공멸할지도 몰라. 설령 하나가 살아남더라도 지치고 약해진 상태일 테지. 남은 이들의 힘만으로도 쓰러뜨릴 수 있을 만큼 말이야."

[만약 그렇지 않다면? 살아남은 괴물을 아무도 잡을 수 없다면?]

"그땐 정말 끝장인 거지. 하지만."

적시운의 목소리는 단호했다.

"아무것도 하지 않으면 그저 멸망할 뿐이야."

파괴신과 같은 폭주 상태로 들어서서 공멸을 노린다.

목숨을 담보로 삼은 데다 성공을 확신할 수도 없는 위험천만한 계획이었다.

하지만 그게 아니면 답이 없다.

공멸을 각오한 자살 돌격만이 그나마 승산이 있는 상황.

적시운으로서도 되도록 피하고 싶은 일이었지만, 이것이 아니고서는 실낱같은 승산조차도 바랄 수가 없었다.

"게다가…… 놈의 이야기를 들었을 때 느낀 게 있어."

적시운은 말했다.

"만약 나도 가족들을 잃었다면, 눈앞에서 세연이의 죽음을 목도했다면 제정신일 수가 있었을까?"

[그것은…….]

"놈은 내 그림자나 다름없어. 빌어먹게도 운수 없는 날을 경험한 나. 인생 최악의 악몽을 겪고 만 나. 어쩌면 놈이야말로 차원이라는 거울에 비친 내 모습인지도 몰라. 정말 그런 거라면……."

적시운은 담담히 말했다.

"내 손으로 끝을 내야만 해."

이젠 무슨 말로도 적시운을 막을 수 없다.

의식이 연결되어 있는 천마인 만큼 그 사실을 세상 누구보다도 잘 알고 있었다.

[모든 것을 걸었군, 자네.]

천마는 나지막이 한숨을 내쉬었다.

[그렇다면 본좌도 가만히 있을 수만은 없지.]

"천마?"

[놈이 자아를 잃은 괴물로서 각성했을 때 본좌는 그것을 단번에 알아보았네. 그 이유가 무엇이라 생각하는가?]

선뜻 대답하지 못하던 적시운의 동공이 확대됐다.

"설마⋯⋯."

예기치 못한 상황을 맞닥뜨렸는데도 침착할 수 있다면 이유는 하나뿐.

이미 경험해 보았기 때문이라고 볼 수밖에 없었다.

[주화입마와는 다른 독특한 경험이었네. 천마신공의 극단에 자리 잡은 경지. 하나 그 자기 파멸적인 힘 때문에 결코 도달해서는 안 되는 미답의 영역. 본좌는 그것을 멸신계(滅神界)라고 이름 지었었네.]

"멸신계⋯⋯."

[본좌는 그 영역에 발을 담갔었고, 완전히 잡아먹히기 전에야 간신히 빠져나올 수 있었네.]

천마의 목소리에선 공포마저 느껴졌다.

그와 제법 오래 지내온 적시운으로서도 처음 겪는 경우였다.

[그리고 지금껏 잊었었지. 잊어야만 했네. 차라리 죽을지언정 그 영역에 들어서는 것은 피해야만 했으니 말이야. 이지를 상실한 괴물이 되어 버리는 것보다는 천마로서 죽는 것이 백번 옳은 일이었으니.]

"당신은 자긍심 강한 무인이니까."

적시운이 딱 잘라 말했다.

"하지만 난 아냐. 괴물이 되든 뭐가 되든 간에 일단 저놈부터 죽여 버리고 말겠어."

[본좌가 자네를 알고 지낸 게 하루 이틀 일인가? 그 쇠심줄 같은 고집을 꺾을 수 없다는 건 누구보다도 잘 알고 있다네. 게다가…….]

잠시 뜸을 들인 천마가 내처 말했다.

[가능성이 희박하긴 하지만, 멸신계에서 되돌아올 방법도 있기는 하고.]

"그 방법이 뭔데?"

[일찍이 북해빙궁에는 만한옥(萬寒玉)이라 불리는 보옥이 있었네. 그것을 지닌 자를 갖가지 사기(邪氣)로부터 지켜준다는 신물이었지. 설천녀는 그것을 내게 선물해 주었다네.]

"그 보옥이 당신을 구해주었다는 거야?"

[그렇다네. 본좌가 주화입마에 빠져 멸신계에 들어섰을 때, 만한옥이 본좌의 의식을 흡수해서는 보존시켜 주었네.]

"당신의 의식을……?"

[본좌의 정신은 만한옥에 갇힌 채 때를 기다렸네. 멸신이 되어 버린 육체가 지칠 때를. 파괴만을 추구하는 괴물이 마침내 멈출 때를.]

천마의 음성에서 회한이 느껴졌다.

[괴물은 사흘 밤낮을 날뛴 뒤에야 잠잠해졌네. 아미산 부근의 모든 문파와 도읍이 궤멸하고 난 뒤의 일이었지.]

"그리고 당신은 원래대로 돌아왔다는 거군."

[그렇다네. 씻을 수 없을 만큼 많은 피를 손에 묻힌 뒤에 말이지.]

"……."

[이제 왜 본좌가 자네를 만류하려 했었는지 알겠는가?]

적시운은 고개를 끄덕였다.

물론 그렇다고 해서 이제 와 관둘 수는 없었다.

"한데…… 그리 위로가 되진 않는 얘기인걸. 설마 그 만한옥 이란 게 떡하니 나타날 리도 없고."

[비슷한 게 자네에게 있잖나.]

"비슷한 거라고?"

[그래, 자네의 손에.]

적시운의 시선이 자연스럽게 오른 손아귀로 향했다.

"탐랑?"

[그 검은 자네의 염동력을 흡수하지 않던가? 다시 말해 그 힘

을 매개체 삼아 자네의 의식을 실어 나를 수 있다면…….]

"흡수만으로 끝나지 않는다는 게 문제지. 흡수된 에너지는 금속을 강화하는 데 고스란히 쓰여. 이오나이트 합금은 그런 물질이라고."

[그 반응을 인위적으로 늦추거나 막을 수 있으리라 보네만.]

"그건……."

적시운은 입을 다물었다.

아주 허무맹랑한 얘기만은 아니었다.

실제로 이오나이트가 에너지를 흡수하는 것과 흡수된 에너지가 금속의 경질화에 소모되는 데엔 상당한 시간차가 있었던 것이다.

"그걸 최대한 유지할 수만 있다면……?"

멸신 상태에서 원래대로 돌아올 수도 있으리라.

물론 그것도 승리했을 때에나 가능한 일일 테지만.

"그렇다면……."

고민은 길지 않았다.

머리를 쥐어뜯고 앉은 채 시간이나 축내고 있을 만큼 적시운은 한가하지 못했다.

"좋아. 해보자고."

탐랑을 내려다본 적시운이 중얼거렸다.

"한데 어떻게 해야 멸신계에 접어들 수 있지?"

[그 방법 자체는 간단하네. 천마신공의 기운을 모조리 끌어낸 상태에서 증오와 살의를 극대화하게.]

"말이야 쉽지. 그런 감정을 끌어낸다는 게 그리 간단한 일은……"

[자네 손으로 누이들과 모친을 살해했다고 생각해 보게.]

"……그리 어렵지는 않겠군."

적시운은 심호흡을 했다.

그리 오랜 시간이 지나진 않았다.

놈이 과천 특구를 떠나고서 몇 분도 채 흐르지 않은 시점.

하나 그 짧은 시간 동안 놈은 셀 수도 없을 만큼 많은 생명체를 소멸시켰을 것이다.

굳이 두 눈으로 보지 않아도 알 수 있었다.

기감의 범위 바깥 아득한 곳에 있어도 알 수 있었다.

심장이, 본능이, 영혼이 알려주고 있었기에.

아포칼립틱 데몬 로드, 제국의 황제, 적시운……

천마.

놈이 저 너머에서 날뛰고 있었다.

[이비 정말 마지막이 될지도 모르네.]

천마가 신중하게 운을 뗐다.

[가족들을 만나 보지는 않을 텐가?]

적시운은 입술을 깨물었다.

가족들뿐만이 아니었다.

아련히 뇌리를 스치는 얼굴들이 결코 적지 않았다.

적시운은 그 모든 것을 털어냈다.

"놈을 해치운 다음에 봐도 늦지 않아."

[하지만······.]

"마지막이 아니야. 당신에게도, 나에게도. 우린 그 개자식을 완전히 없애 버릴 거고, 보란 듯이 살아서 되돌아갈 거야."

[······그래, 그렇지. 본좌가 잠시 어울리지 않게도 나약한 소리를 했군.]

"뭐, 당신 같은 영감님들은 원래 걱정이 많은 법이니까."

가벼운 어조로 중얼거린 적시운이 다시 한번 숨을 들이켰다.

"가자고. 놈이 있는 곳으로."

파괴신은 세상을 가를 기세로 날아갔다.

장대하게 펼쳐진 흑색 날개 아래로 뇌광들이 쏟아져 내렸고, 대지의 모든 것이 흑백의 명멸 속에서 소멸했다.

신북경 다음은 연합군이었다.

김성렬이 이끄는 한국군 1군단.

동백 연합을 중심으로 뭉친 길드 연합.

여기에 협조하는 중국군 군단들과 드라칸이 끌고 온 제국군의 포로들까지.

진영을 구축하고 있는 그들의 머리 위로, 파괴신은 아무런 거리낌도 없이 날았다.

팟!

콰과과과과!

섬광 뒤로 폭발과 열풍이 몰아치면 죽음과 같은 고요가 찾아왔다.

이들 연합 또한 아예 무방비 상태는 아니었건만 힘의 격차는 너무나도 극명했다.

진형을 비롯한 모든 전투 준비는 발악으로도 이어지지 못했다.

파괴신이 첫 수라강기를 떨친 순간, 연합군 병력의 3할이 단숨에 증발해 버렸다.

고오오오오!

장렬한 굉음과 함께 거대한 그림자가 파괴신을 덮쳤다.

한국군 1군단의 기함인 무궁화였다.

상공에 있었기에 다행히 강기의 폭격을 피할 수 있었지만, 그 여파만으로도 타격을 입은 듯 선체 곳곳에서 연기가 피어오르고 있었다.

"일제 사격 개시! 가지고 있는 모든 것을 놈에게 쏟아붓는다!"

지휘실의 김성렬이 포효했다.

무궁화의 포신들이 맹렬한 기세로 불을 뿜었다.

포탄도 미사일도 모조리 퍼붓고서 선체까지 때려 박을 기세.

김성렬을 비롯한 승무원 전원이 죽음을 각오했다.

하나 그 결연한 의지에도 불구하고, 파괴신은 약간의 타격조차 입지 않았다.

멸신이 단숨에 공간을 가로질렀다.

기함 무궁화는 그대로 관통당했다.

거대한 선체 한복판에 거짓말처럼 구멍이 생겨났다.

번쩍!

눈을 멀게 할 듯한 섬광 속에서 무궁화가 폭발했다.

열기류가 상공을 휘젓는 가운데 한국군의 비행선단이 연쇄 폭발을 일으켰다.

모든 것이 사라져 가는 와중.

적시운이 그곳에 도착했다.

크워어어어!

영혼이 공명하기라도 한 것일까.

파괴신이 입을 쩍 벌린 채 포효했다.

"내가 괜한 걱정을 했어."

적시운은 그런 놈을 바라보며 나직이 중얼거렸다.

"놈을 보자마자 증오와 살의가 미친 듯이 끓어오르는데 말이야."

파앙!

파괴신이 허공을 박찼다.

그러고는 음속을 한참 초월한 스피드로 적시운을 향해 쇄도했다.

적시운은 염동력으로 탐랑을 들어 올려선 칼날이 자신을 향하도록 했다.

이오나이트로 이루어진 검신에 자신의 얼굴이 비쳤다.

짤막한 한숨.

스쳐 가는 과거들.

즐거운 추억과 잊을 수 없는 기억.

겪어왔던 일들과 하고 싶었던 것들.

자신을 바라보며 미소 짓는 그녀…….

그 모든 것이 한순간 사라졌다.

남는 것은 끝없는 증오와 살의뿐.

'여기서 모든 걸 끝낸다.'

적시운은 탐랑을 끌어당겼다.

콱!

은백색 칼날이 적시운의 복부를 관통했다.

5

강렬한 고통이 적시운의 정신을 관통했다.

마치 독성을 띤 식물의 뿌리가 파고드는 듯한 감각.

뇌수까지 태워 버릴 것 같은 작열통이 적시운의 머리를 헤집어놓았다.

칼날은 복근을 가르고 들어와 단전에까지 닿았다.

그러나 에너지를 흡수하진 않았다.

그저 박혀만 있을 뿐.

탐랑은 오랜 훈련을 받은 군견처럼 적시운의 지시만을 기다리고 있었다.

'아직은 아니야.'

적시운은 심호흡을 했다.

폐부가 들썩일 때마다 격통이 두개골을 쑤셨다.

고통과 함께 마음속 깊은 곳, 가장 어둡고 음습한 곳으로부터 무언가가 스멀스멀 솟아나는 게 느껴졌다.

괴물이 온다.

뿌득! 뿌드드득!

기괴한 소리를 토하며 뒤틀리는 육체.

뼈를 부수고 살갗을 찢어발기고자 날뛰는 수라강기.

펌프 호스처럼 부푼 혈관들이 꿈틀거리고 관절과 근골이 비틀어졌다.

칠공을 통해 시커먼 피 안개가 뿜어져 나오고 체내의 공력
은 끝없이 증폭되었다.

'자아를, 탐랑 안으로……!'

꺼져 가는 의식 속에서 적시운은 거듭 되뇌었다.

그러나 애타는 마음과 달리 정신과 육체의 주도권은 이미
넘어가 버린 뒤였다.

쿠구구구.

어둠이 모든 것을 삼켰다.

적시운의 자아도, 의지도 기억도.

모든 것을 뒤덮어버린 무(無)의 암흑 속에서 멸신이 눈을 떴
다.

크아아아아!

광포한 포효가 세상을 흔들었다.

그 외침에 화답하듯 돌진해 온 파괴신이 손을 뻗었다.

콱!

갈퀴와 같은 손아귀가 멸신의 몸통에 틀어박혔다.

하나 그대로 끄집어 당겨 살점을 쥐어뜯으려던 파괴신의 의
지와 달리, 틀어박힌 손아귀는 꽉 붙들려선 미동조차 하지 않
았다.

크르르르.

멸신이 으르렁거렸다.

그 효후(哮吼)가 서서히 인간의 음성으로 변해갔다.

"이건 예상하지 못한 일이로군."

부드럽기까지 한 사내의 음성.

그 뜻을 이해할 이성과 지성은 남아 있지 않았지만, 파괴신은 본능적으로 목소리에 반응했다.

두 눈동자 가득 떠오르는 것은 당혹감과 공포.

"짐승이 되어버린 가련한 존재여."

그 눈망울에 비친 자신을 바라보며 멸신은 웃었다.

"본좌가 네게 안식을 주마."

쾅!

파괴신이 굉음을 뒤로하고 대지를 향해 떨어져 내렸다.

파괴신이 내리꽂힌 지점을 중심으로 거대한 균열과 충격파가 터져 나와 땅을 흔들었다.

멸신이 그 뒤를 따라 떨어져 내렸다.

파괴신은 격통과 분노 속에서 수라강기를 격발, 반경 1㎞에 이르는 공간 곳곳으로 뇌전을 떨어뜨렸다.

"맹렬하고 과감하지만 섬세하지 못하며 부정확하군."

멸신은 내리꽂히는 섬전의 틈 사이사이로 회피했다.

콰콰콰콰콰!

파멸의 기운이 빗발처럼 쏟아져 내렸지만 멸신에게 닿는 것은 거의 없었다.

이따금 적중하는 뇌전조차도 수라강기의 장벽을 꿰뚫지는 못했다.

힘의 규모 면에서 거의 대등하기에 가능한 일이었다.

그렇다면 남는 것은 힘 이외의 요소들.

"지금부터 그것을 확인해 봐야겠지."

뇌전 세례를 뚫고 온 멸신이 파괴신 앞에 당도했다.

거울처럼 닮은 두 존재.

수라강기의 육신으로 이루어진 반신(半神)들이 서로를 마주 보고 섰다.

크아아아!

파괴신이 먼저 권격을 날렸다.

어지간한 섬쯤은 일격에 침몰시키고도 남을 위력이 주먹 하나에 담겨 있었다.

"하나 맞히질 못한다면 무의미하지."

멸신은 고개를 틀어 주먹을 피했다.

그리고 다음 권격을 내뻗으려는 파괴신의 옆구리로 파고들었다.

아름드리 나무줄기처럼 대지를 디딘 두 발.

그 축으로부터 올라오는 힘을 고스란히 전달시키는 허리.

그렇게 전달된 힘을 뒤틀며 내뻗어선 방출시키는 오른팔.

멸천랑섬권(滅天狼閃拳)이 파괴신의 옆구리를 후렸다.

콰르르릉!

뇌성이 세상을 뒤흔들었다. 권격을 펼친 반작용만으로 주변의 대지가 폭삭 가라앉았다.

쿠구구구구!

파괴신의 육체가 하늘 높이 치솟았다.

비스듬하게 날아오른 육체는 단숨에 대류권을 뚫고 나갔다.

태산을 쪼개고 섬을 가라앉힐 파괴력이 수라강기의 재생력과 상쇄되며 무시무시한 열기를 방출했다.

팟.

단숨에 도약한 멸신이 파괴신을 따라잡았다.

그리고 일말의 주저도 없이 두 번째 권격을 내리꽂았다.

쾅!

이번엔 비스듬하게 아래쪽으로.

파괴신은 타오르는 유성이 되어선 대지를 향해 추락했다.

만년설로 뒤덮인 산맥이 그 아래로 펼쳐져 있었다.

두 번의 권격이 중국 대륙 동부에 있던 파괴신을 히말라야 부근까지 옮겨 버린 것이다.

콰르르르!

달구어진 육체가 설산과 충돌했다.

열기로 인한 수증기와 설산이 무너지면 생겨난 산사태가 결합되었다.

일대는 삽시간에 흙먼지와 증기로 새하얗게 뒤덮였다.

그 포말 속으로 멸신이 강하했다.

파괴신도 초토화된 대지를 파헤치며 솟구쳤다.

생명체의 영역마저 초월해 버린 두 존재는 수많은 산줄기와 구릉을 박살 내며 치고받았다.

쾅과광! 콰과과광!

권장지각이 충돌할 때마다 산맥이 요동치고 지반이 뒤틀렸다.

비틀린 지각으로부터 솟구친 마그마가 설산을 뚫고 나와 분출됐다.

쾅!

다시금 큼직한 일격이 터졌다.

이번에 튕겨져 나온 것은 멸신.

서쪽 방향으로 튕겨진 그는 의도적으로 몸을 날려 파괴신을 유인했다.

크아아아!

두 존재가 다시금 뒤엉켰다.

연신 격돌하며 중동을 지나친 둘은 카스피해와 흑해, 지중해를 거치며 유럽 대륙을 횡단했다.

그리고 나타나는 대서양.

"이곳이라면 충분할 터."

멸신은 발뒤꿈치로 찍고 들어오는 파괴신의 다리를 붙들어 선 바다를 향해 던졌다.

어마어마한 물보라와 함께 바닷물이 끓어올랐다.

멸신 또한 바닷물로 뛰어들어 육박전을 이어갔다.

캬아아아아!

파괴신은 연신 포효했다.

그가 절규할 때마다 쏟아지는 수라강기의 다발이 주변 곳곳에 술진을 구축했다.

개방된 차원 게이트로부터 마수들이 쏟아져 나오고, 파괴신은 다시 강기 다발을 휘갈겨선 그것들을 찢어발겼다.

합리의 관점으로 보자면 쓸데없는 힘 낭비일 뿐.

그럼에도 관두지 않는 것은 끝없는 증오와 파괴 욕구 때문이었다.

"네놈은 진실로 세상의 파괴자다."

멸신은 순수하게 감탄했다.

물론 그런 말을 듣는다고 파괴신이 기뻐할 리는 없었다.

종류와 의도를 불문하고 멸신이 내뱉는 모든 말은 파괴신의 증오를 부채질할 따름이었다.

쿠구구구……!

연신 치고받는 둘의 주변으로 강기의 태풍이 생겨나기 시작했다.

공간을 왜곡시킬 정도의 충격파가 중첩되며 일어난 현상.

태풍은 근처의 모든 것을 갈아버리고 증발시켰다.

살아있는 것과 그렇지 않은 것 전체가 검은 기류에 휘감겨선 소멸했다.

크아아아아!

박투의 정점에서 파괴신이 양팔을 뻗어 무언가를 움켜쥐었다.

멸신의 몸에 박혀 있는 탐랑의 손잡이였다.

멸신 역시 손을 뻗어 손잡이를 붙들었다.

파괴신은 검을 밀어내거나 끌어당기려 했고 멸신은 그것을 막기 위해 힘을 쏟았다.

그 과정이 이어지는 와중에도 연신 강기와 염동력이 충돌하고 상쇄됐다.

"그 검을 뽑고 싶더냐?"

쿠구국. 쿠구구국!

탐랑의 칼날이 조금씩 빠져나오기 시작했다.

광기로 얼룩진 파괴신의 눈동자에 희열이 배어 나왔다.

이 검만 뽑는다면, 이 칼날만 뽑을 수 있다면!

"바라는 대로."

스르르릉!

탐랑이 멸신의 몸 바깥으로 뽑혀 나왔다.

그와 동시에 주변에 몰아치던 파멸의 회오리가 탐랑을 향하여 쇄도해 들어왔다.

검이 뽑히는 순간 이오나이트 합금의 에너지 흡수가 발동하게끔 안배를 해둔 것이다.

콰과과과과!

대륙을 초토화하고도 남을 거대한 힘이 1미터 남짓한 장검을 향하여 몰려들었다.

임계점을 아득히 넘어선 어마어마한 에너지.

목표를 잃고 폭주한 힘이 탐랑과 파괴신을 휘감고 돌았다.

그 여파는 당연히 멸신에게까지 미쳤다.

애초에 거의 달라붙어 있는 거나 다름없던 상태.

폭주하는 강기의 회오리는 멸신까지도 가볍게 집어삼켰다.

공간적으로 압축된 기류는 그 자체로 뚫고 나갈 수 없는 감옥이 되었다.

몰아치는 강기의 흐름이 파괴신과 멸신의 육체를 붕괴시켰다.

서서히 무너져 가는 육체.

자신들의 힘에 의한 공멸이 두 존재를 찾아온 것이었다.

'자네가 바란 대로…… 말이지.'

멸신은 파괴신을 지그시 응시했다.

이제 와 빠져나가기엔 너무 늦었다.

그리고 빠져나갈 생각 역시 없었다.

지금이야말로 모든 것을 종결지을 순간이었기에.

크…… 아아아아!

파괴신이 비명을 토하며 탐랑에서 손을 뗐다.

허공에 들린 탐랑을 멸신이 붙들었다.

콰드드드드!

검신을 타고 흐르는 파멸의 기류가 멸신의 팔을 휘감아 붕괴시켰다.

삽시간에 찢기고 흩어져 간신히 뼈대만 남아버린 팔.

뼈대라고 해봐야 곧장 끊어져 버릴 듯이 앙상하고 위태로웠다.

그러나 그 팔은 여전히 탐랑을 쥐고 있었다.

크, 크아아!

파괴신이 기류를 뚫고 나가고자 발버둥을 쳤다.

멸신이 무엇을 하려는지 본능적으로 눈치챈 까닭이다.

그러나 뚫고 나갈 수가 없다.

자신과 적수가 쏟아낸 힘 자체로 이루어진 기류.

상당한 기력을 소모한 지금으로선 쉽게 뚫고 나갈 수 있을 리가 만무했다.

"너는, 본좌는, 우리는…… 너무나 많은 악업을 저지르고 말았다."

검신을 꼿꼿이 세운 멸신, 천마가 말했다.

마검 탐랑이 그의 손 위에서 유성처럼 타올랐다.

"망가져 버린 세계. 부서져 버린 인생. 끝없는 반목과 충돌. 억겁의 삶 속에 새겨진 고통과 증오, 그리고……."

우우우웅!

탐랑의 검신이 한층 맹렬한 기세로 타오르기 시작했다.

주변에서 흡수한 힘뿐만이 아니라 멸신에게 남아 있는 여력까지도 모조리 주입되고 있는 까닭이었다.

완전히 끝내 버릴 수 있게.

놈이 살아남을 일말의 가능성조차 남지 않게끔!

"이제, 여기서."

천마는 검을 들어 올렸다.

기본 중의 기본인 검식.

어떠한 무의 묘리조차 더해지지 않은, 그렇기에 가장 순수한 검격.

캬아악!

파바바밧!

파괴신이 수라강기의 뇌전을 미친 듯이 방출시켰다.

달아날 수 없으니 죽여 없앨 수밖에 없다고 판단한 것이다.

셀 수 없이 쏟아져 나온 강기의 다발이 멸신의 몸에 틀어박혔다.

그러나 그중 어느 것도 멸신의 정수를 깨뜨리진 못했다.

검과 하나가 된 천마가 선언했다.

"그 모든 것을 끝내도록 하지."

최후의 검격이 펼쳐졌다.

검격이 펼쳐진 순간 탐랑이 산산이 쪼개지며 그 안에 있던 모든 에너지가 방출되었다.

그 파멸의 폭풍은 외부를 휘돌던 기류와 반응하여 증폭되었고, 결과적으로 주변의 모든 것을 집어삼켰다.

팟!

거대한 빛의 기둥이 지구 위에 떠올랐다.

대서양에서 펼쳐져 나온 에너지의 대부분이 대기권을 뚫고서 하늘로 치솟았다.

그로 인해 발생한 여파가 지구 전역을 뒤흔들었고 세계 곳곳에 이상 기후와 특이 현상을 빚어냈다.

대서양뿐 아니라 태평양에 인접한 국가들에도 대해일이 들이닥쳤고, 해일을 피한 곳들에서도 대규모의 지각 변동이 발생했다.

콰과과과과!

세상 전체가 전율하던 날.

치명적인 격변이 완전히 멎기까지는 긴 시간이 걸렸다.

누군가는 신의 분노라 불렀으며, 누군가는 구원의 대가라고 불렀던 대격변.

수많은 것들을 앗아간 그 날 이후, 세계는 차츰 변화해 나갔다.

그 변화 어디에도 그들의 입김은 닿지 않았다.

파괴신, 혹은 멸신.

천마는 세상에서 완전히 자취를 감추었다.

에필로그

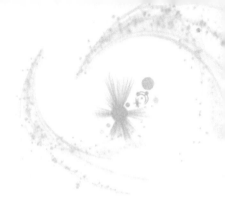

대서양 동부에서 발생한 대폭발.

그로 인해 발생한 대해일은 서유럽을 수몰시켰고, 폭발로 인한 지진파는 수십 바퀴나 지구를 돌았다.

그나마 이것도 인위적인 이유로 인해 폭발력이 많이 억제된 것.

대부분의 에너지는 빛의 기둥이란 형태로 대기권 방향에 폭사됐다.

만약 그 힘이 고스란히 지표면으로 뿌려졌다면 거대 운석 충돌에 맞먹는 파괴가 발생했을 터.

대서양과 서유럽에 서식하는 생명체 전반이 몰살당했지만, 그곳을 제외한 대부분의 지구는 무사할 수 있었다.

그러한 대폭발을 일으킨 존재들.

두 명의 천마는 그 이후로 모습을 드러내지 않았다.

수차례 조사대가 파견되었으나 폭발의 원인조차 제대로 규명하지 못한 채 돌아왔다.

뒷맛이 쓸 수밖에 없는 일.

그러나 여기에만 매달리기엔 해야 할 일이 너무나 많았다.

한국 정부가 중심이 된 신 UN 공동체는 전쟁의 종결을 선언했다.

검은 안식일로부터 77년.

길고도 처절했던 전쟁이 마침내 끝났다.

하지만 끝이라기보다는 시작이라 봐야 했다.

살아남은 이들 앞엔 헤쳐 나가야 할 것이 너무나도 많았기에.

북미 제국은 황제를 잃었다.

그래도 다행이라 할 만한 점은 전쟁으로 인한 직접적인 타격을 거의 입지 않았다는 점.

더불어 정치적 수뇌부라 할 수 있는 귀족들 중 상당수가 무사히 살아남았다는 것이었다.

유일하게 생존한 펜타그레이드 아킬레스 프레스터의 존재 역시 컸다.

그 이상 가는 전투력을 지닌 개인이 대부분 사망하거나 행방불명된 까닭이었다.

중국은 이 전쟁을 통해 가장 큰 타격을 입은 국가였다.

수도이자 기술력과 자본력의 총본산인 신북경 지하 도시가 송두리째 소멸해 버린 것이 치명적이었다.

구심점이 될 신북경이 사라지니 국가가 유지될 수가 없었다.

생존한 도시 간 이해타산의 결렬로 인해, 중국은 옛 소비에트 연방의 붕괴와 같은 길을 걷게 되었다.

사실상 중국이란 국가는 사라지고, 독립적인 자위권을 지닌 독립 도시들만이 남게 되었다.

한국 역시 내외로 몸살을 앓았다.

신북경만큼은 아니지만 과천 특구가 궤멸적인 타격을 입었고, 중국으로 출격한 길드 연합 역시 간신히 전멸만을 면했다.

그나마 다행인 점은 행정부가 무사하다는 것.

그리고 임성욱을 비롯한 연합의 수뇌부가 살아남았다는 것이었다.

한국은 여전히 아시아의 종주로 남았다.

중국은 사실상 멸망해 버렸고, 일본은 공동체를 유지하는 것만으로도 벅찼으며, 동남아의 국가들은 한국만큼의 영향력을 발휘하기가 어려웠던 까닭이다.

선거를 통해 대통령으로 선출된 권창수는 산적해 있는 임무들을 하나하나 해결해 나갔다.

우선은 전후 처리.

궤멸된 과천 특구를 재건하는 한편, 사상자 구조 및 유족 보상에 있어 할 수 있는 모든 것을 했다.

더불어 아킬레스의 도움을 얻어 북미 제국의 귀족들과 접촉, 전쟁 배상과 향후 관계에 대하여 논의했다.

마수들의 처리 역시 큰 쟁점이었다.

마족들 중 생존한 것은 플라우로스를 비롯한 극소수뿐.

마수들 역시 엄청난 숫자가 죽어 나갔지만, 지구에 남아 있는 숫자는 여전히 많았다.

그들 모두를 죽여 없애는 것은 현실적으로 불가능한 일.

더군다나 모두가 기나긴 전쟁으로 인해 지쳐 있었다.

"그렇기에 나는 당신들과 화친하려 합니다."

권창수의 제안은 마족들로선 전혀 예기치 못한 것이었다.

"이건 함정인가?"

그와 협상에 나선 플라우로스의 질문이었다.

"왜 그렇게 생각하십니까?"

"우리 모두를 죽이고 싶어 할 것 아닌가? 우리는 너희의 세계를 유린하고 짓밟았다. 그런 우리에게 복수하고 싶을 텐데?"

"복수라면 충분히 했지요. 그렇지 않습니까? 여러분 마족들 중 살아남은 이는 몇이나 되지요?"

"나를 포함해 총 800여 명이다."

"그중 대부분은 마수이나 이능력자에 비해서 크게 나을 게 없는 하위 마족이지요. 고위 마족은 어떻습니까?"

"……나를 제외하면 3명이 남아 있다."

"사실상 전멸한 것이지요. 그렇지 않습니까?"

"……"

"그에 비하면 우리들은, 숱한 상처를 입긴 했지만 여전히 많은 수가 생존해 있습니다. 그리고 무엇보다도, 이 전쟁에서 승리했지요."

"그렇군. 자비를 베풂으로써 전쟁의 승리를 확고히 하겠다는 건가."

"비슷합니다."

"비웃을 생각은 없지만, 마수들이 여전히 남아 있지 않나? 우리가 너희와 화친한다 하더라도 달라지는 것은 없다. 고작 4명의 고위 마족으로는 마수들을 제어하지 못해. 놈들은 지금껏 그래 왔던 것처럼 너희 세계를 부수려들 것이다."

"알고 있습니다. 오히려 우리 역시 그걸 원하고요."

"……?"

"마수들은 이미 우리의 삶과 너무나 밀접해져 버렸습니다. 놈들은 우리의 적이지만, 동시에 에너지원이자 돈줄이기도 하지요."

아포칼립틱 코어를 비롯한 수많은 전리품들.

플라우로스는 권창수의 말뜻을 이해했다.

"우리가 뭘 해주길 바라지?"

"공존."

권창수의 음성은 담담했다.

"보호 구역을 마련해 드리겠습니다. 그곳에서 삶을 누려가시면 됩니다. 다만 우리 측의 통제에 따라주셔야겠습니다."

"과거의 인디언…… 아메리카 원주민들이 그랬던 것처럼?"

"잘 아시는군요. 예, 그렇습니다."

플라우로스는 씁쓸히 조소했다.

"너희들의 새장에 갇혀 달라는 것이군."

"그것이 최후통첩입니다. 여러분의 입장을 최대한 생각해 준 것임을 알려드리죠."

"알고 있다. 지금의 우리를 쓸어버리는 것쯤, 너희에게 있어 어려운 일은 아닐 테니."

"국가 간 전쟁이 사실상 끝난 만큼, 앞으로는 마수 사냥의 전성기가 열리게 될 겁니다. 그 경우 여러분은 최우선 타깃이 될 가능성이 매우 높습니다."

하위 마족이라 해도 어지간한 마수보다는 높은 가치를 지녔다.

게다가 지성까지 갖추고 있으니 희소성을 따지자면 어마어마한 수준.

탐욕에 눈먼 인간들이 얼마나 달려들지는 불 보듯 뻔한 일이었다.

"우리라면 여러분을 보호해 드릴 수 있습니다."

"스스로를 보호하는 것쯤은 얼마든지 할 수 있다……고 말하고 싶지만, 이 경우에는 힘들 것 같군."

플라우로스는 권창수의 제안을 받아들였다.

그렇게 그를 비롯한 마족의 생존자들은 대한민국의 보호 아래에 들어갔다.

인간 대표와 마족 대표 간의 회담이 끝나고 얼마 후.

이번에는 북미 제국에서 회담이 열렸다.

이미 수차례 회담이 오갔던 양국이었지만, 이번에는 그 의미가 조금 달랐다.

"오랜만이에요, 여러분."

회담장에 들어선 밀리아의 눈이 휘둥그레졌다.

"어…… 그러니까."

"에스텔 라트린."

헨리에타가 말을 받았다.

"라트린 후작가의 계승자이며, 현 귀족 의회의 핵심 인사야. 그리고 케르베로스 길드의 현 소유주이기도 하지."

금발의 미녀가 생긋 웃었다.

"오랜만이네요, 헨리에타 언니."

"그러네요. 시타델에서 작별한 이후로는 처음이군요, 아가씨."

"그러네요."

에스텔의 뒤로 익숙한 얼굴들이 다가와 섰다.

"올리버, 클라리스."

"오랜만이군."

"잘 지냈어요?"

두 사람의 인사에 헨리에타는 고개를 끄덕였다.

그녀의 뒤로도 차수정과 문수아, 심자홍 등이 다가왔다.

엘레노아를 위시로 한 천마신교의 장로들, 임성욱을 필두로 한 동백 연합의 길드장들도 실내로 들어섰다.

마지막으로 아킬레스가 회담장에 도착함으로써 참석 인원이 전원 모였다.

짤막한 통성명과 인사가 오가고 모두가 자리에 착석했다.

하나같이 대한민국과 북미 제국에서 상당한 영향력을 행사하는 인물들.

하지만 그보다도 본질적인 요소는 한 가지 공통점을 지녔다는 사실이었다.

한 남자와의 유대.

바로 그것이었다.

"그분에 대해선…… 여전히 소식이 없는 건가요?"

에스텔이 운을 떼자 헨리에타가 대답했다.

"수색 작업은 지금 이 순간에도 계속되는 중이에요. 대외적으로는 중단했다고 알렸지만, 시작한 이후로 한시도 수색을 멈춘 적이 없어요."

"대서양…… 서유럽 쪽을 중점적으로 찾고 계시겠네요?"

"기본적으로는 그렇지만 중동과 네팔 부근까지도 수색 범위 내에 두고 있어요."

"중동이나 네팔이라면 수천 ㎞도 더 떨어진 곳 아닌가요?"

"그렇죠."

"조사 과정에서 밝혀진 바로는."

헨리에타의 대답에 이어 차수정이 입을 열었다.

"히말라야 산맥 부근에서 마수 리바이어선의 사체 일부가 발견됐어요."

"리바이어선이라면……."

"대재앙급 마수이자 해양 마수죠. 대서양에 주로 서식하는."

그 의미를 이해한 에스텔의 얼굴이 창백해졌다.

"대서양에서 거기까지 날아갔다는 거군요."

차수정이 씁쓸히 고개를 끄덕였다.

"사실상 지구 전역을 수색 범위로 둬야 할 거예요. 다만 그럴 인력이 되지 못한다는 게 문제죠."

"저희도 나름대로 수색에 집중하고 있어요."

클라리스가 입을 열었다.

"뭐, 그래 봐야 북미 대륙 한정이긴 하지만요."

"몇 년이 걸리더라도 포기하지 말고 찾아야만 해요."

엘레노아가 결연한 얼굴로 말했다.

"시운 님께선 반드시 살아계실 테니까요."

"치, 내가 하려던 말이었는데……."

밀리아가 나직이 투덜거렸다.

착 가라앉으려던 분위기가 그녀 덕분에 어느 정도 누그러졌다.

"앞으로 이 세계는 어떻게 될까요?"

고요 속에 에스텔의 목소리가 울렸다.

"북미 제국은 그럭저럭 유지되고 있지만, 사실 내부의 불씨는 이미 오래전에 켜졌다고 봐야 할 거예요. 황제는 고압적이었지만 강했고, 그 힘이야말로 제국을 유지해 온 원동력이었으니까요."

"한국도 딱히 여유로운 입장은 아니에요."

문수아가 특유의 톡 쏘는 어조로 대꾸했다.

"안 그래도 대통령의 이번 결정에 반발하는 사람도 많고요."

"마족들에 대한 반감은 범지구적 규모니까요."

"권 의원…… 아니, 대통령이 이번엔 실수한 걸지도 몰라요."

"그의 결정이 실수인지 묘책인지는 두고 볼 일이다."

그렉이 무뚝뚝한 어조로 끼어들었다.

"장기적으로 봤을 때 마족을 포섭하는 건 긍정적인 포석이 될 수 있다. 게다가 권창수에겐 비장의 무기도 남아 있지."

"핵미사일?"

무심코 말을 던진 밀리아는 한심하다는 눈총만 받았다.

"김은혜 말이다."

"세실리아네 할머니가 왜?"

"그녀는 차원 게이트를 여는 방법을 안다. 현존하는 인물 중에선 유일하다고 봐도 과언이 아니지."

"아, 그건…… 그렇네? 근데 그걸 알아서 뭐 한다고?"

"큰 힘이 될 수도 있고 위험이 될 수도 있지. 판데모니엄에는 여전히 많은 수의 마족과 마수들이 남아 있으니."

"아……."

"한국 정부가 김은혜를 보호하고 있는 이상, 권창수는 언제든 써먹을 수 있는 조커를 지닌 셈이다."

밀리아를 향해 말하고 있지만 사실상 제국을 향한 설명인 셈.

가만히 듣던 아킬레스가 쓴웃음을 지었다.

"그 얘기는 꺼내지 않는 편이 좋았을 것 같네만. 만약 내가 제국을 위해 그녀를 납치하려 든다면 어쩔 셈인가?"

"간단하오. 적시운의 신뢰를 저버리는 일이 되겠지."

"……한 방 먹었군."

빙긋 웃은 아킬레스가 작게 한숨을 쉬었다.

"설마 그 황제를 쓰러뜨릴 자가 나타날 거라고는 생각도 못했네. 황제의 정체가 또 다른 차원의 적시운이리라고는 더더욱 생각지도 못했고."

"……."

다시금 내려앉은 침묵.

각자는 서로의 관점에서 적시운을 떠올리며 그와의 기억을 반추했다.

'선배.'

차수정은 마음속으로 중얼거렸다.

'지금 어디에 계신 건가요?'

적시운은 살아 있다.

그녀는 그렇게 확신했다.

하지만 동시에, 그가 자신들에게 돌아오지 않을지도 모른다고 생각했다.

세상을 구한 것은 자신이지만, 애초에 망가뜨린 것도 자신.

그렇게 생각하고 있을지도 모르기에.

"……정말 그런 건가요, 선배?"

자기도 모르게 혼잣말을 중얼거린 차수정.

그녀의 뒤에서 적시운이 대답했다.

"아마도 아닐걸."

2

"엄마아아악!"

일대 소동이 벌어졌다.

깜짝 놀란 차수정이 몸부림치는 통에 의자와 탁자들이 훌쩍훌쩍 날아올랐다.

가까이 있던 사람들까지도 지레 놀라선 후다닥 물러나며 혼비백산했다.

"뭐, 뭐야? 왜 그래, 차수정?"

"뒤, 뒤에! 뒤에서!"

"뒤에 뭐가 있다고 그래?"

손가락이 가리키는 방향엔 아무것도 없었다.

눈물이 그렁그렁한 차수정의 얼굴이 일순 멍해졌다.

"어, 어······?"

"대체 무엇 때문에 그 난리를 친 거야?"

"선배가······."

"선배? 적시운?"

차수정이 망연히 고개를 끄덕였다.

문수아는 그녀의 맥을 짚어보고는 두 눈을 벌려서 동공을 확인했다.

"지금 뭐 하는 거야?"

"확인. 상사병에 걸린 골 빈 애들이 회까닥하는 거야 특이

한 일도 아니니까."

"사, 상사병이라니…… 그리고 지금 누구더러 골이 비었다는 거야?"

"흠. 열 내는 걸 보니 완전히 맛이 가진 않은 모양인데."

차수정이 문수아를 밀어내고는 한숨을 쉬었다.

실내의 모두가 걱정스러운, 혹은 미심쩍은 눈으로 그녀를 바라보고 있었다.

"등 뒤에서 선배의 목소리가 들렸어요. 그래서 깜짝 놀란 거예요."

"시운 님의 목소리가요?"

"그래요, 엘레노아."

"헛것을 들었겠지, 뭐."

"헛것이 아니었다니까요, 밀리아. 분명히 똑똑히 들었어요. 선배가 귓가에 대고 속삭였다고요."

"말도 안 돼요."

엘레노아가 그녀답지 않게 상기된 얼굴로 씩씩댔다.

"시운 님이 왜 하필 수정 씨의 귓가에 속삭인단 말이에요? 진정한 연인인 저를 내버려 두고요."

"그런 의미의 속삭임이 아니었어요. 그리고 대체 누가 진정한 연인이라는 거죠?"

"맞아! 네가 그러면 우리 헨리에타는 어쩌라고?"

"갑자기 내 얘기는 왜 꺼내는 건데?"

고요하던 회담장이 순식간에 아수라장이 되었다.

열난 여인들이 핏대를 세워 가며 말다툼을 하는 가운데, 팔짱을 낀 채 벽에 기댄 아킬레스에게 올리버가 다가왔다.

"어떻습니까?"

"뭐가 말인가?"

"차수정이란 아가씨가 거짓말을 했다고 보진 않습니다만……."

"정말 헛것을 들었을지도 모르지. 저 문수아라는 아가씨가 말한 것처럼."

"그래서 확인해 보고자 여쭌 겁니다. 여기서 그의 기척을 조금이나마 느낄 법한 분은 당신뿐이니까요."

"애석하지만 그 말에 동의하긴 힘들겠군. 이능력 면에서나 다른 면에서나 그와 나의 격차는 도저히 좁힐 수 있는 수준이 아닐세."

"그럼 아무것도……?"

"감지하지 못했네. 전혀."

"그렇습니까."

아킬레스는 빙긋 웃었다.

"뭐, 기왕이면 좋은 쪽으로 해석하는 게 낫지 않겠나. 그 친구도 장난기가 아주 없는 편은 아니니."

"보통은 적을 상대로 발휘되곤 했지만 말입니다."

"그랬지. 하지만 이젠 적이 없는 세상이잖나."

"정말 그렇다고 생각하십니까?"

"아니."

작게 숨을 뱉은 아킬레스가 고개를 들었다.

"그렇더라도 최소한, 그 친구의 싸움은 일단락되었다고 생각하네."

"장난이 조금 심했어."

"그러게. 이 정도로 기절초풍할 줄은 몰랐는데 말이지."

회담장 바깥.

70층에 달하는 빌딩의 꼭대기.

적시운은 옥상의 난간에 걸터앉아 있었다.

그리고 그 옆에는……

"불쌍한 수정 언니. 불쌍한 사람들."

적세연이 땅이 꺼져라 한숨을 푹 쉬었다.

"바보 오빠가 멀쩡히 살아서 돌아다니는 줄도 모르고."

"오빠 돌아왔을 때 질질 짰던 게 누군데?"

"그야 당연히 걱정했으니까 그렇지!"

"그래."

적시운이 여동생의 머리칼을 쓰다듬었다.

온몸으로 퍼지는 따스한 온기에 적세연의 볼이 발그레 상기됐다.

"저기, 이제는 슬슬 사람들한테 말해도 되지 않을까? 창수 씨 볼 때마다 표정 관리하기도 힘들단 말이야."

"권창수가 왜?"

"술만 좀 들어가면 오빠 얘기야. 그러면 열에 아홉은 눈물이 글썽거려. 얼마나 지켜보기가 마음 아픈데."

적시운은 미간을 찡그렸다.

"어째서?"

"나름대로 오빠를 존경했었나 봐. 오빠가 사라진 걸 누구보다도 슬퍼하는 것 같던데?"

"그놈이?"

"그놈이 뭐야, 그놈이? 곧 매제가 될 사람한테."

여동생의 말에 적시운이 정색했다.

"나는 너와 그 녀석의 교제를 허락한 적이 없다, 세연아."

"뭐래? 누가 누구 맘대로 허락하니 마니 하세요?"

"야, 세연아."

"명문대 출신에 재벌가 아들에 직업은 대통령이고 착하지, 키 크지, 잘생겼지. 이 정도 신랑감이 어디에 있다고?"

"사람은 그런 스펙이 중요한 게 아니라……."

"그이가 얼마나 착하고 엄마한테도 잘하는데?"

"……누가 그이라는 거냐."

"누구긴 누구야. 우리 그이지."

적시운이 표정을 팍 구겼다.

"권창수가 지금 어디 있더라……."

"으휴."

적세연이 오빠의 볼을 가볍게 꼬집었다.

"그런 걸로 삐치기나 하고, 우리 오빠는 아직 멀었다니까."

"……."

"하여간 오빠도 얼른 사람들한테 돌아가란 말이야. 다들 저렇게 애타게 기다리고 있잖아."

"그래야지."

적시운은 허공을 응시하며 한숨을 쉬었다.

한 번 더 오빠를 재촉해 볼까 싶었지만, 적세연은 관두기로 했다.

적시운이 저들 앞에 나서지 못하는 이유는 간단했다.

그의 존재 자체가 혼란을 초래할 수 있었기 때문이다.

당장 지금만 해도 그랬다.

적세연은 5분 전까지만 해도 신서울 한복판에 있었다.

한데 지금은 지구 반대편, 북미 제국의 도심 속 빌딩 꼭대기에 앉아 있었다.

실질적으로 오는 데 걸린 시간은 1분도 채 되지 않았다.

황제가 사라진 지금, 적시운은 그 누구도 범접하지 못할 존재가 되어버린 것이다.

그런 적시운이 모습을 드러낸다면?

황제의 정체와 행적을 전 인류가 알게 되었다.

그리고 적시운은, 속사정이야 어찌 되었든 황제와 동일한 인물.

다른 이들의 입장에선 언제 폭발할지 모르는 시한폭탄과 같았다.

설령 적시운에게 그럴 뜻이 없다고 하더라도, 남들이 보기엔 그렇지 않을 수밖에 없는 것이다.

'게다가……:'

죽음으로부터 돌아온 적시운은 큰 상실감에 힘들어하고 있었다.

적세연은 그 상실감의 원인을, 이제는 알 것 같았다.

"김은혜 할머니한테 다녀와, 오빠."

적시운이 고개를 돌렸다.

적세연은 부드럽게 웃어 보였다.

"다른 사람들이면 몰라도, 그분한테는 말씀드려야지."

"……그래, 그래야겠지."

몇 분 후.

적시운은 김은혜와 독대하고 있었다.

"돌아오셨군요."

"응."

인사에 화답하긴 했지만 무슨 말을 해야 할지 알 수 없었다.

김은혜는 부드러운 미소를 짓고선 적시운의 곤란을 해결해
주었다.

"사라진 거지요? 두 사람 모두."

"……응."

"그랬군요."

어떠한 비난도 담겨 있지 않은 따스한 음성.

그 배려 덕분인지 적시운의 말문이 터졌다.

"나는 탐랑 안에 갇혀 있었어. 오래전에 천마가 사용했던 방
법이라더군. 그때는 북해빙궁의 보옥을 이용했었다던가."

"만한옥 말씀이군요."

"그래, 그 안에서 나는 모든 걸 지켜보았어. 멸신경에 오른
육체를 차지한 천마가 자신을 잃어버린 괴물과 싸우는 것을."

김은혜의 눈동자가 희미하게 떨렸다.

"어떻게 그런 일이 가능했는지는 모르겠어. 두 개의 자아가
공존하고 있었기 때문인지, 처음부터 천마가 안배를 해둔 건
자…… 진실은 천마만이 알겠지."

"……."

"마지막 순간에 탐랑이 터져 나가며 모든 것이 소멸했지. 그때 내 의식도 탐랑에서 튀어나왔어. 그때 함께 소멸했어야 정상이었지만……."

"시운 님은 살아남으셨군요."

"그래."

"기적……이 일어난 걸까요?"

"아니, 기적이 아니었어."

적시운의 눈빛은 그날의 기억을 더듬고 있었다.

"그가, 천마가 날 살렸어."

파멸의 폭풍이 모든 것을 앗아가던 순간.

영혼마저 마비시킬 끝없는 섬광 속에서.

천마는 마지막 기운을 모조리 끌어모아 적시운의 의식을 감쌌다.

"사냥이 끝났으니 사냥꾼은 돌아가야겠지."

시공을 초월한 음성이 적시운의 영혼에 아로새겨졌다.

"본좌의 여정은 여기까지일세. 이제…… 자네는 자네의 삶을 살아가게나."

웅혼하고도 따스한 어조.

명멸해 가는 적시운의 의식 속에서 천마는 웃고 있었다.

늘 그랬던 것처럼, 호방하고 자신만만한 얼굴로.

"작별일세, 적시운."

팟!

터져 나온 빛의 회오리가 적시운을 밀어냈다.

천마를 비롯한 모든 것이 아득히 멀어지는 것을 느끼며 적시운은 정신을 잃었다.

깨어났을 때의 그는 어디서 뜯겨 나왔을지 모를 나무판자를 부표 삼아 태평양을 표류하고 있었다.

이야기를 모두 들은 김은혜가 물었다.

"그럼 이제는 어떻게 하실 생각이신가요?"

"······글쎄. 일단은 좀 쉬려고. 이렇게 대답하면 염치가 없어 보이려나?"

"어느 누구도 시운 님에게 그렇게 말할 수는 없을 거예요."

"생각해 보면 내 인생은 그런 식이었지. 처음엔 어떻게든 살아남기 위해, 그리고 가족들에게 돌아가기 위해, 그다음엔 필연적으로 생겨난 적들에게 맞서기 위해······."

"그랬었죠. 이제는 좀 쉬어도 될 거예요. 즐기고, 누리면서 살아도 될 거예요. 천마가 시운 님에게 말했던 것처럼요."

적시운은 고개를 끄덕였다.

마음속에 남아 있던 마지막 응어리가 해소되는 느낌이었다.

"세연이 말을 듣기를 잘한 것 같아. 그 녀석이 아니었으면 당신을 찾아오지도 못한 채 전전긍긍하고만 있었을 거야."

"여자의 조언엔 백금의 값어치가 담겨 있는 법이죠."

"잔소리로밖에 들리지 않는다는 게 문제지만 말이지."

두 사람이 미소를 교환했다.

"당신은 이제부터 어떻게 할 거지?"

"저도 새로운 삶을 살아가야겠죠. 그가 없는 삶을요."

허공을 응시하는 김은혜의 눈에 생기가 감돌았다.

"더 이상 격체신진술이나 다른 술법을 써서 수명을 늘리는 일은 없을 거예요."

"……그래."

김은혜와의 대화를 마치고 사흘 후.

적시운은 지인들에게만 자신의 생존을 알렸다.

약간의 소요가 있었지만 대외적으로는 드러나진 않았다.

적시운 본인의 강력한 의사에 따라 그는 사망자로 처리되었다.

한국과 북미 제국 정부는 적시운의 의사를 존중해 주었다.

홀로 세상을 뒤엎고도 남을 유일한 존재인 만큼 당연한 처사였다.

"선배, 우리 결혼하지 않을래요?"

창가에 서 있던 적시운은 고개를 돌렸다.

알몸의 차수정이 이불을 타월처럼 두르고 있었다.

"헨리에타랑 다른 녀석들이 가만히 있지 않을 텐데."

"중혼을 하면 되잖아요?"

"……."

"전 별로 상관없어요. 어쨌든 제가 첫째 부인이기만 하면 돼요."

적시운은 두통이 스멀스멀 피어오르는 걸 느꼈다.

안 그래도 어젯밤 헨리에타에게서 비슷한 얘기를 들었던 것이다.

"세연이도 빨리 결혼하고 싶어 하는 눈치예요. 아무래도 자기보단 오빠가 먼저 해야 한다고 생각하는 것 같아요."

"누가 먼저 하든 무슨 상관이람."

"그래도 사람 사는 일이란 게 그렇지가 않잖아요?"

사람 사는 일.

별것 아닌 것 같은 그 말이 적시운의 마음을 흔들었다.

사소한 일에 일희일비하고, 시시콜콜한 것들에 골머리를 앓으며 살아가는 것.

적시운이 진정 바랐던 삶은 이런 것이었다.

'이런 게 살아간다는 거겠지, 천마?'

마음속으로 물어봐도 대답은 돌아오지 않는다.

하지만 적시운은 개의치 않았다.

비록 예전처럼 이야기를 나눌 수 없더라도, 그가 자신의 곁에 있다는 것을 알고 있었기에.

"……그래, 나는 살아가겠어."

"정말이죠, 선배? 지금 저랑 결혼하겠다고 한 거죠!"

차수정이 볼을 들이대며 반색했다.

적시운은 그녀가 환호하기 전에 입을 틀어막으며 황급히 대꾸했다.

"그런 게 아냐!"

무의식의 세계.

인간이라면 누구나 가지고 있는, 그러나 미처 의식하지는 못하는 깊고 음습한 어둠 속.

두 개의 자아는 서릿발처럼 대치하고 있었다.

"정말 이것으로 만족하나? 저런 멍청하기 짝이 없는 삶이, 무의미하고 가치 없는 삶이 고금제일인에게 어울리는 거라고 생각하나?"

"그렇다고 한다면?"

"너는 머저리다!"

어둠 속에서 마수가 으르렁거렸다.

이제는 소멸해 버린 증오의 잔재, 마지막 남은 복수의 사념이었다.

"모든 게 퇴색해 갈 것이다! 사선을 넘나들며 손에 넣은 강대한 힘도! 너와 내가 맞서 싸우며 증명하고자 한 이념도!"

"힘을 전부 잃어서 그런지 헛소리가 많이 늘었구만."

"네놈은 힘을 바라지 않는 것이냐? 너와 내가 협력한다면 가능하다. 놈을 이 아래로 끌어내릴 수만 있다면……!"

"본좌가 바랐던 것은."

팟!

어둠 속에서 터져 나온 빛이 사위를 감쌌다.

"힘이 아닌 삶, 진정으로 가치 있는 삶이었지."

핏대를 올려가며 열변을 토하던 자아가 비명을 토했다.

"크아아아아……!"

"그리고 본좌는 해냈지. 더 이상 여한은 딱히 없다네."

"네, 네놈……!"

"그러니 좀 찌그러져 있게. 고약한 헛소리를 계속 듣자니 술맛이 달아나겠군."

파아앗!

시커먼 맹수로서 형상화된 자아, 파괴신의 잔류 사념이 소멸했다.

완전히 사라지진 않았지만, 당분간은 얼씬도 하지 못하리라.

먹구름이 걷히듯 어둠이 사라지고 도원경이 펼쳐졌다.

새하얀 구름은 산중턱에 걸쳐지고, 복사꽃이 활짝 핀 정원을 가르며 시냇물이 흘러갔다.

"이런 삶도 나쁘지는 않단 말이지."

새파란 하늘 한복판이 열리니 차수정의 우윳빛 나신이 모습을 드러냈다.

적시운의 시야를 공유하고 있는 것이었다.

정자에 비스듬히 걸터앉은 천마는 그것을 흐뭇하게 바라보며 술병을 기울였다.

"좋은 것도 많이 구경할 수 있고 말이야."

천마사냥꾼 Fin.

맛김 현대 판타지 장편소설
WISHBOOKS MODERN FANTASY STORY

책 먹는 배우님

"재희야, 너는 왜 대본을 항상 두 권씩 챙기냐?"

하나는 촬영장에 들고 다니며 남들에게 보여주는 용도,
또 다른 하나는

[드라마 〈청춘열차〉가 흡수 가능합니다.]
[대본을 흡수하시겠습니까?]

내가 먹을 용도로 쓰인다.
나는 대본을 집어삼켜, 오로지 내 것으로 만든다.

책 먹는 배우님

대본을 101% 흡수할 수 있는 배우,
재희의 이야기.